Gang durch die Nacht

Matthias Freytag

Gang durch die Nacht

Drei Erzählungen

Bibliografische Information der Deutschen Nationalbibliothek:
Die Deutsche Nationalbibliothek verzeichnet diese Publikation in
der Deutschen Nationalbibliografie; detaillierte bibliografische Daten
sind im Internet über dnb.dnb.de abrufbar.

Covergestaltung, Satz, Herstellung und Verlag:
BoD – Books on Demand, Norderstedt

ISBN: 97-8-3-7578-4451-6

INHALT

CAMOUFLAGE

EIN ROMAN IN NUCE

Eine ruhige eigene Wohnung, möglichst mit Garten, hatten sie, beide um die fünfzig, für sich und ihren kleinen Hund gesucht. Svetlana, Sveta, wie die meisten sie nannten – einst aus dem Ausland gekommen, jetzt seit vielen Jahren hier, wo sie auch bleiben wollte, was durch den Wohnungskauf sozusagen besiegelt werden sollte. Ben, eigentlich Benjamin – in diesem Land geboren, sogar in dieser Region; er hatte Sveta, die damals noch nicht geschieden war, bei der Arbeit kennen gelernt und sah dies und ihren Entschluss, im Land zu bleiben und gemeinsam mit ihm hier zu leben, als das Glück seines Lebens an – sie, aus einem Land stammend, das im Zweiten Weltkrieg von dem Land, in dem er später geboren wurde, überfallen und mit Krieg, mit Gewalt und Vernichtung überzogen worden war, was die Menschen dort, auch nach so vielen Jahren, keineswegs vergessen hatten. Für das Zusammenleben der beiden spielte das keine Rolle; dennoch musste Ben immer einmal wieder daran denken, und sein Glück, dass sie ausgerechnet hierhergekommen, hier heimisch geworden war und mit ihm ihr Leben hier teilen wollte, schien ihm dann umso größer.

Endlich war es so weit. Im Internet wurde im Frühherbst auf zwei großen Portalen eine Drei-Zimmer-Wohnung angeboten, beide Male vom selben Makler, deren zahlreiche Aufnahmen von außen und innen und deren Beschreibung sie offenbar ganz

Svetas und Bens Wünschen entsprechen ließ. Als sie dieses Objekt entdeckt hatten, das sich im oberen, das heißt im zweiten Stockwerk befand, vielmehr zur Straße hin – das Dach war hier, anders als auf der Hofseite, weiter heruntergezogen – schon halb im Dachstock, über den aneinandergereihten Garagen und der ersten Etage eines Hauses mit nur vier Wohnungen, da war ihre Freude groß: Das musste ihr ersehntes eigenes Zuhause sein, ruhig in der Nebenstraße eines Wohngebiets gelegen, mit eigenem, großzügigem Gartenanteil, in überschaubarer Eigentümergemeinschaft. Ein erster Besichtigungstermin kam problemlos und rasch zustande.

Dass vor Ort der Garten etwas vernachlässigt und zugewachsen aussah, begründete der zweite Mann, der außer dem Makler zugegen war, ein Freund der Familie, wie er sich vorgestellt hatte, mit der Belastung des Voreigentümers in letzter Zeit. Herr Hindelang, so heiße dieser, habe sich vermehrt um seine Eltern, die beide nicht mehr gesund seien, kümmern und auch alles vorbereiten müssen, sie in dem Haus, das er neu erworben habe, mit aufzunehmen. Die Krankheit der Eltern sei ein wichtiger Grund für den Auszug gewesen; zudem hätten sich die beiden Kinder, Sohn und Tochter, endlich eigene Zimmer gewünscht.

Dass im Hof allerlei Gerümpel – Möbelstücke, Haushaltsgegenstände und anderer Kleinkram – am Haus entlang stand und lag, begründete der Makler mit dem Plan des Nachbarn im unteren Geschoss, den er gut kenne und für den er ebenfalls tätig sei, nächstes Frühjahr auszuziehen und seine Wohnung zu vermieten. Deshalb habe er sich wohl schon daran gemacht, alles, was sich zu viel angesammelt habe, auszumisten. Das klang ihnen alles plausibel, oder wollte ihnen so klingen. Angesprochen außerdem auf den Hund, einen Chihuahua, meinte der Makler, der sei gar kein Problem, es sei doch für ihn hier mit dem Garten geradezu ideal.

Als nach dreimaliger Besichtigung und nachdem sie mit der Bank einig geworden, der Notartermin anberaumt worden war, und als sie schließlich, Ende November, den Kaufvertrag unterschrieben hatten, schien alles gut. Nur für einen Moment irritierte sie bei diesem Termin, dass nach Vertragsabschluss zwar der Notar die Hand reichte und sie beglückwünschte, der bisherige Eigentümer, Herr Hindelang, und dessen Frau hingegen ohne Handschlag und außer kurzem Abschiedsgruß wortlos davongingen. Da erinnerten sie sich, dass während der insgesamt drei Besichtigungen nie jemand von diesen beiden, nur immer der Makler und zweimal der Freund der Familie zugegen gewesen. Letztlich indes war das Erscheinen eines Eigentümers erst beim Notartermin durchaus übliche Gepflogenheit. Und schnell auch waren derlei Gedanken weggewischt; zu Hause stießen sie miteinander an, auf den Kauf, auf den bevorstehenden Umzug und auf die Zukunft. Am Tag der Schlüsselübergabe zeigte sich Frau Hindelang, die sie in Begleitung des Maklers durchführte, ihnen etwas zugewandter, erklärte verschiedene Dinge, wie den Wasserstopverschluss in der Küche oder die Bedienung der Gastherme im Bad, tat es freilich irgendwie hastig und bedrückt – der Abschied falle ihr halt doch schwer, meinte der Makler. Das könnten sie verstehen, erwiderten Sveta und Ben. Und noch einmal erwähnte der Makler, der Nachbar unter ihnen, Herr Brandner, werde bald ausziehen, und spätestens da werde auch im Hof alles Gerümpel beseitigt werden.

Bald aber suchten sie Hilfe und wandten sich an einen Anwalt. Sie hatten erfahren und erfuhren weiter nach und nach, vom dritten Eigentümer der Eigentümergemeinschaft, Herrn Hauser; von einer Vormieterin in einer der beiden Wohnungen, die diesem gehörten, einer Frau Jenisch, ehemals im zweiten Stock gegenüber der Wohnung, die jetzt ihnen gehörte, wohnend, und mit der sie beide Kontakt aufnehmen konnten; von dem jungen Ehepaar, das nach Frau Jenischs Auszug dort eingezogen war; von den beiden Jungs, Studenten, die in Herrn Hausers Wohnung über dem Garagengeschoss logierten; von der Hausverwalterin, Frau Kreisler, die, wie Herr Hauser ihnen mitgeteilt hatte, das kleine Objekt betreute, weil er sich das privat nicht mehr antun wollte; und schließlich sogar auch aus der ausfindig gemachten Klageschrift Herrn Hindelangs, der gegen Herrn Brandner, den Eigentümer, der unter ihnen wohnte, geklagt hatte, – hatten erfahren und erfuhren weiter nach und nach, dass es genau mit diesem schon lange Probleme im Haus gab ... Mit seinen Hausgeldzahlungen sei er permanent in Rückstand, vielmehr habe er noch nie das monatliche Hausgeld gezahlt; die Vormieterfamilie in Hausers Wohnung im ersten Stock sei aus Angst vor ihrem Nachbarn gegenüber, nämlich Brandner, ausgezogen; den Nachmietern, den zwei jungen Männern, habe er nach ihrem Einzug in der Nacht gegen die Tür gepoltert und dabei gebrüllt, woraufhin sie die Polizei gerufen hätten. Die beiden Studenten, die hier in Wohngemeinschaft lebten, bestätigten später die Geschichte und ergänzten, dass dies Poltern und Brüllen und Herbeirufen der Polizei mehrmals geschehen sei. Frau Jenisch wiederum sagte, sie habe keine *Angst* gehabt, sei aber trotzdem sehr erleichtert gewesen, das Haus, Brandners Poltern, Türenschlagen, vorwiegend abends und nachts, sein Geschrei, alle hinaustreiben zu wollen, manchmal auch nur ganz unartikuliertes Gebrüll, und überhaupt die insgesamt bedrückende Atmosphäre hinter sich lassen zu können. Und der Voreigentümer ihrer eigenen Wohnung, so verriet die Klageschrift, habe zum Schutz seiner Kinder und seiner Frau Wohnung und Haus verlassen; anschließende Verkaufsverhandlungen für die Wohnung habe Brandner sabotiert, habe Besucher beleidigt und zwei verschiedene Makler, die beide aufgegeben und die Wohnung als unveräußerlich bezeichnet hätten;

habe im Falle eines Einzugs mit Gewalt gedroht und habe sich sogar rassistisch geäußert, nämlich dass dies ein »deutsches« Haus sei, habe in dem Zusammenhang die Begleiterin eines Kaufinteressenten, die einen südländischen Teint besessen habe, übelst beschimpft. Diese Sabotage war dann auch der Grund der gerichtlichen Klage gewesen. Sowohl Herr Hauser und Frau Jenisch, die damals schon nicht mehr im Haus gewohnt hatte, als auch Frau Kreisler bestätigten diese Sabotageakte, sagten, der Voreigentümer und dessen Frau hätten ihnen über die Vorfälle berichtet, hätten ihnen ihr Herz ausgeschüttet. Frau Jenisch wie Frau Kreisler meinten unabhängig voneinander außerdem, sie hätten empfohlen, auf Unterlassung zu klagen. Und Frau Kreisler, als Sveta und Ben ihr von den Besichtigungsgesprächen erzählten, erwiderte, ihres Wissens seien Hindelangs in eine Mietwohnung gezogen. – Brandner seinerseits ließ keine Vorbereitungen für einen Auszug erkennen, das Gerümpel im Hof blieb, wo es war, schien sich sogar zu vermehren, plötzlich standen zum Beispiel noch Bierkisten da, leere, halbvolle, volle.

Konkret auf diese Klage und die Klageschrift hatte Sveta und Ben ein Artikel in der Regionalzeitung geführt, der völlig unvermutet kurz nach Beginn des neuen Jahres erschienen war. Und nicht einmal sie selbst hatten ihn gefunden; diese Zeitung lasen sie nicht. Eine Tante Bens, die in einem der Nachbarorte wohnte, hatte ihn entdeckt, in der Beschreibung der Örtlichkeiten und gewisser Umstände von damals auf Svetas und Bens Wohnung und die jetzigen Vorkommnisse geschlossen, wie ihr alles geschildert worden war, und hatte den Artikel an sie weitergeleitet. Er ging auf die Verhandlung am Gericht ein sowie kurz auch auf die Vorgeschichte und endete damit, dass die Parteien, um den Prozess abzukürzen, einen Vergleich geschlossen hätten; wer sich nicht dran halte, müsse zahlen. Sveta und Ben drangen daraufhin bis zum Direktor des zuständigen Gerichts vor, der sie verständnisvoll und sie bedauernd anhörte und ihnen für ihren Anwalt eine Kopie der Klageschrift zukommen ließ. Außerdem stellte sich heraus, dass die beschriebene Verhandlung im Herbst vor ihrem Umzug stattgefunden hatte.

Und schon bevor und auch weiter, nachdem sie diese Dinge erfahren hatten, geschah alles Mögliche. Noch während der Vorbereitungen für den Umzug und noch vor dem Beginn kleinerer Renovierungs- und Verschönerungsarbeiten in der neuen Wohnung, die im Grunde sehr gut in Schuss war und Sveta und Ben auch aus diesem Grund als Glücksfall hatte erscheinen wollen, gab es einen Auftritt von Brandner, der Sveta oder Ben bis dahin, also während der drei Besichtigungen vor dem Kauf, persönlich nicht begegnet war. Beide suchten nachmittags am Tag nach der Schlüsselübergabe, einem Samstag, die Wohnung auf; sie brachten Kleinigkeiten mit, um sie schon zu deponieren, und wollten die Räume noch einmal begutachten, bevor ein befreundeter Handwerker die Arbeit aufnähme. Sveta war zum Hauseingang vorausgegangen, er lag der Straße abgewandt zum Hof und Garten hin. Ben kam mit zwei Taschen hinterher. An der Ecke, die vom Durchgang von der Straße her auf den eigentlichen Hof führte, begegnete ihm ein Mann, mittelgroß, eine Figur zwischen athletisch und Bauchansatz, graues T-Shirt mit weißem Totenkopf, aschblonde, nach hinten gekämmte Haare. Der hatte es eilig und stürmte, kaum dass Ben hallo sagen konnte, stumm, mit hochgerecktem Kinn, an ihm vorbei. Bei Sveta vor der Haustür angelangt, erzählte sie, eben sei dieser Mann herausgekommen und habe die Tür ihr vor der Nase richtiggehend zugezogen; dann sei er wortlos abgerauscht. Sie vermuteten in ihm diesen Brandner, dachten sich indes nicht viel dabei. Vielleicht war er in Gedanken gewesen, vielleicht war es nur die weit verbreitete Unhöflichkeit, vielleicht – hatte er Kopfschmerzen; so scherzten sie noch.

12

Einige Tage später waren Sveta und Ben am Abend in die neue Wohnung gekommen, um einen Blick auf die Handwerksarbeiten zu werfen, die inzwischen angefangen hatten. Als sie wieder aufbrachen, hinterließen sie in einer der drei Grünen Tonnen am Hofweg eine kleine Mülltüte. Grüne Tonnen waren üblicherweise gemeinschaftliche Müllbehälter, Herr Hindelang hatte ihnen außerdem versichert (in einer Mail über den Makler während der Verkaufsverhandlungen), dass seine Familie und Brandner diese Tonnen miteinander benutzt hätten. Svetas erwachsene Tochter, Maria, hatte einen Freund, der bei der Renovierung mithalf und der an diesem Abend noch allein dort blieb. Er erzählte später, es habe plötzlich an der Tür lang anhaltend geläutet, im Treppenhaus habe dann ein Mann gestanden, hochroten Gesichts und in der erhobenen Hand eine kleine Mülltüte, der habe sofort angefangen zu schreien, das seien *seine* Mülltonnen, in die niemand außer ihm Müll werfen dürfe, das sei alles hier *seins*, das werde man noch merken, außerdem werde er Anzeige wegen Schwarzarbeit erstatten. Der Beschreibung nach handelte es sich um dieselbe Person, die ihnen vor kurzem im Hof über den Weg gelaufen war.

Ben wandte sich an die Hausverwaltung, um sich und Sveta als die neuen Wohnungseigentümer vorzustellen, aber auch – weil sie doch misstrauisch geworden waren –, um Informationen über diesen Mann einzuholen, von dem sie vermuteten, dass es Brandner sei, der Nachbar unter ihnen. Die Verwalterin, Frau Kreisler, bestätigte das – und erstmals erfuhr Ben bei diesem Telefonat von den Problemen im Haus, besonders mit diesem Brandner, die seit langem bestünden und allen, die mit dem Haus zu tun hätten, das Leben schwer machten. Frau Kreisler empfahl ihm, was ihn zusätzlich alarmierte, eine Art Tagebuch zu führen, in dem er alle Vorfälle notieren solle.

Nach diesem Gespräch nahm er auch Kontakt auf mit dem dritten Eigentümer im Haus, der selbst aber nicht hier wohnte, sondern seine zwei Wohnungen, billig, weit unter Marktwert, an junge Leute vermietete. Das verriet ihm die Verwalterin und gab ihm die Telefonnummer. Herr Hauser seinerseits bestätigte alle Aussagen der Verwalterin und fügte hinzu, dass vor den Problemen mit diesem Brandner schon dessen Vater und Mutter, die damals im Haus gewohnt hätten, Querulanten gewesen seien und ihn, Herrn Hauser, wegen der allgemeinen Eigentumsaufteilung, wegen der Grenzziehung im Garten oder wegen der Nutzung der Gemeinschaftsräume mehrfach in Streit und sogar Rechtshändel verwickelt hätten.

Da meldete sich bei Sveta und Ben das erste Mal das Gefühl, in eine Falle geraten zu sein. Und sie erinnerten sich daran, wie rasch der Makler einen Notartermin hatte festmachen wollen, noch bevor die Kreditfrage ganz geklärt gewesen war. Im Nachhinein wollte ihnen das nun verdächtig scheinen.

Als nicht lange nach dem Telefonat das Gefühl längst Gewissheit geworden war, trafen sie – sie waren inzwischen vor einigen Tagen umgezogen – vor dem Haus einen älteren Mann, der gerade die Straße entlang kam. Sie standen an ihrer geöffneten Garage, er stellte sich als Herr Hauser vor und erkundigte sich, ob sie die neuen Eigentümer seien. Und sofort folgte die Frage, ob sie eine Rechtsschutzversicherung hätten. Sie verneinten, und er meinte, schade, er habe gehofft, dass jemand mit Rechtsschutzversicherung einziehe. Das Gespräch kam auf Brandner und sein Verhalten. Und unvermutet erschien dieser selbst vom seitlichen Hofweg her am niedrigen Zugangstor, fragte laut, ob es Probleme gebe, und schrie dann unvermittelt, das Tor müsse immer geschlossen sein, und fremden Müll, den er in *seinen* grünen Tonnen finde, werde er vor die Wohnungstür werfen. Alles hier habe so zu laufen, wie er es wolle. Wenn man Krieg wolle, könne man ihn haben. Da werde man sich noch freuen, hierhergekommen zu sein. Dann schrie er auch auf Herrn Hauser ein, beleidigte ihn als Kretin und Analphabeten und äußerte, wenn der endlich tot sei, werde er sich freuen und eine Fahne auf das Grab pflanzen.

Nach diesem Vorfall, der ja längst nicht mehr der einzige war, wandten sich die beiden das erste von mehreren Malen an die Polizei. Sie fuhren zum nächsten Polizeirevier und fragten um Rat, was man gegen die Aggressivität, die Schikanen und Drohungen eines Nachbarn tun könne. Der Beamte, mit dem sie sprachen, riet damals, möglichst zivilrechtlich vorzugehen und empfahl – wie die Hausverwalterin –, alles, was eventuell passierte, aufzuschreiben.

Auch den Makler kontaktierten sie nun, suchten ihn in seinem Büro auf, schilderten, was sich bisher zugetragen. Er zeigte sich überrascht, bestürzt, sagte, er könne sich wirklich nicht erklären, was da los sei, das sei nicht der Brandner, den er kenne, der sei eigentlich ganz umgänglich, vielleicht aber habe der doch unvermutet etwas gegen Ausländer, obwohl davon nichts zu bemerken gewesen sei, als er sie als Interessenten erwähnt habe, versprach ihnen Aug' in Aug', mit ihm zu reden, zu versuchen, auf ihn einzuwirken, und vertröstete sie damit, dass Brandner absehbar ausziehen werde, nur etwas Geduld noch, spätestens da werde sich ihr Problem lösen. Dann sagte er, er habe einen Termin, drückte ihnen fest die Hand, mit aufmunterndem Kopfnicken, und verabschiedete sie.

Um übrigens einer Konfrontation wegen Benutzung der grünen Tonnen aus dem Weg zu gehen, bestellten Sveta und Ben bei der Stadt für sich zwei Extratonnen (für »rund« und »flach«). Auf diese Weise reihten sich am vorgesehenen Platz fünf grüne Tonnen, und ihre Restmülltonne fand dort keinen Platz mehr; sie mussten sie in der Garage unterbringen. Trotzdem war Brandner offenbar auch damit nicht zufrieden. Nachdem sie angeliefert und aufgestellt worden waren, gab es in der Nacht dumpfe Schläge und Poltern, und am Morgen fanden Sveta und Ben die beiden Tonnen umgeworfen auf dem Weg.

Noch vor dem Umzug aber, wenige Tage nach dem Vorfall wegen der Mülltüte, war – am späten Nachmittag, es begann schon zu dämmern – Ben dabei, an der Haustürklingel ein Schild mit den neuen Namen anzubringen, weil sie für den nächsten Tag einen Termin mit der Telefongesellschaft vereinbart hatten. Da hörte er von der Seite Schritte sich nähern, drehte sich um und sah einen Mann, von dem er annahm, dass es dieser Brandner sei, in Begleitung eines Mädchens, vielleicht sieben Jahre alt, auf die Haustür zukommen. Er trat etwas zur Seite und grüßte mit »Guten Abend«; der Mann erwiderte laut »Heil Hitler«. Ben war völlig perplex. Bevor er sich fassen konnte, drehte der Mann: drehte Brandner sich in der geöffneten Tür um und äußerte, in aggressivem Tonfall, dass er Sachen ins Treppenhaus stellen werde, die dann bis ins nächste Jahr dort stehen würden, dagegen könne man gar nichts machen, und er wünsche viel Vergnügen beim Umzug, beim Transportieren der Möbel. Außerdem werde er wieder sein Fitness-Studio auf dem Dachboden einrichten und jeden Tag bis in die Nacht trainieren. (Der Dachboden dieses Nachbarn befand sich direkt über Svetas und Bens Wohn- und Schlafzimmer). Nach diesen Worten verschwand er im Haus.

Ben ging Brandner hinterher, um ihn zur Rede zu stellen. Von oben kam Sveta herunter, die vom Balkon aus alles mitbekommen hatte. Auf die verwunderte Frage von beiden, was das denn solle, äußerte Brandner, noch aggressiver als zuvor, mit schrill werdender Stimme und weiterhin im Beisein des kleinen Mädchens, er werde persönlich dafür sorgen, dass man hier eine schöne Zeit habe und sich jeden Tag freue, hier eingezogen zu sein, darauf könnten sie gefasst sein, er allein bestimme, was hier laufe. Ben meinte erregt, er fasse dies als Drohung auf – was Brandner, mit aufgerissenen Augen ganz nah an ihn herantretend, bestätigte. Dann drehte er sich abrupt um, befahl das Mädchen in die Wohnung und schlug krachend die Tür zu. Sveta und Ben zogen sich nach oben zurück, was ihnen mit einemmal mehr wie der Eintritt ins Gefängnis erschien. Als sie am Abend schließlich, in beklommener Stimmung, das Haus verließen, sahen sie vor Brandners Wohnung einen großen Glastische stehen; über ihm an der Wand waren zwei Deutschlandfahnen befestigt. Das Mädchen, so erfuhren sie, als Ben nach dem Vorfall noch einmal mit Herrn Hauser telefonierte, war Brandners Tochter, genauer die Tochter von ihm und seiner früheren Freundin, die bereits eine eigene Tochter gehabt und mit ihr schließlich Brandner verlassen habe; die Kleine aber sei irgendwie ihm überlassen worden.

Die Gewissheit, in eine Falle gelockt worden zu sein, schnappte endgültig am Umzugstag zu.

Am alten Zuhause war alles in den Transportwagen geladen, die Umzugsmitarbeiter teilten mit, jetzt Mittagspause zu machen, dann würden sie alles bringen. Sveta und Ben fuhren mit kleinerem Gepäck und ihrem Chihuahua im eigenen Auto schon einmal voraus. Am Bestimmungsort angekommen, sahen sie, dass der Glastisch noch immer im Treppenhaus stand, darüber hingen die zwei Fahnen, außerdem standen nun unter dem Tisch und um ihn herum viele Schuhe, Erwachsenen- und Kinderschuhe, Halbschuhe, Sportschuhe, Sandalen, Stiefel, Hauspantoffel. Beide hofften, mit den Umzugsleuten die Situation in Griff zu bekommen. Bis sie einträfen, wollte Ben mit dem Hund noch spazieren gehen. Er trug ihn im Arm, als er von der Wohnung die Treppen hinunterstieg. Unter ihm öffnete sich die Tür Brandners, dessen Tochter kam heraus und gleich darauf er selbst. Er bemerkte Ben mit dem Chihuahua und sagte zu seiner Tochter, er habe ihr doch gesagt, dass die einen Hund hätten. Das sei der, der die Katze gebissen habe. Ben reagierte nicht, verließ hinter ihnen das Haus und bog, als sie sich auf der Straße nach links zu den Garagen wandten, nach rechts ab. Wenig später fuhr mit laut aufbrummendem Motor ein Auto vorüber.

Nach etwa einer Stunde Wartens kam der Transporter an. Die Umzugsarbeiter, sehr überrascht über Tisch und Schuhe im Treppenhaus, meinten, das gehe so nicht, das behindere sie doch beim Tragen, besonders der Tisch, sie könnten ihn außerdem beschädigen, und dann sei eine etwa abgebrochene Glasplatte sehr gefährlich. Sie läuteten zweimal bei Brandner; niemand öffnete, er war offensichtlich noch außer Haus. Deshalb räumten sie den Tisch beiseite, stellten ihn vorsichtig im Hof ab und schoben die Schuhe, so gut es ging, zur Seite. Kurze Zeit später aber, wie der Springteufel aus der Schachtel, tauchte Brandner im Treppenhaus auf, hielt schnaufend, mit rotem Gesicht, den Tisch in Händen und stellte ihn zurück. Die Umzugsarbeiter waren fassungslos. Auf ihre Bitten, auf ihr Drängen, diesen Tisch und doch auch die Schuhe zur Erleichterung ihrer Arbeit zu entfernen, ging Brandner indessen nicht ein; vielmehr wurden sie von ihm beschimpft und bedroht.

Ben rief die Polizei. Als dann unerwartet rasch eine Polizeistreife (ein weiblicher und ein männlicher Beamter) erschien, stellte sich heraus, dass Brandner sich bereits persönlich auf der Polizeiwache gemeldet hatte und die Beamten zunächst deswegen hier waren. Es kam zu einem Disput. Brandner selbst wollte Anzeige erstatten, weil der Chihuahua seine Katze verletzt habe, derart dass er sie zum Tierarzt habe bringen müssen, und weil, als seinerzeit im Treppenhaus ihn »diese beiden da« bedrängt und beschimpft hätten, »diese Frau da« gesagt habe, dass seine

Freundin ihn verlassen habe und ihm dies recht geschehen sei. Die Anzeigen wurden nicht aufgenommen; die Beamten erkannten die fehlende Basis und teilten nun mit, inzwischen auch über den Anruf Bens informiert zu sein. Die Sache mit dem Tisch im Treppenhaus wollten sie indessen nicht begutachten, das liege nicht in ihrem Bereich; das müssten die Hausbewohner unter sich ausmachen oder die Hausverwaltung einschalten, wenn es eine gebe. Allerdings sagte die Beamtin am Ende vertraulich zu Ben, dass sie, wenn sie an seiner Stelle wäre, in dieses Haus nicht einziehen würde. Damit war der Einsatz beendet. Ohne auch nur einen Appell an Brandner, den Tisch aus dem Weg zu räumen, zogen die beiden ab.

Nach dem Umzug, noch vor dem Zusammentreffen mit Herrn Hauser vor der Garage, dem sich Brandners Auftritt anschloss, geschah dies: Sveta kam mit dem Chihuahua von einem Spaziergang zurück. Vor der Eingangstür begegnete sie Brandner, der gerade das Haus verließ. Er wurde sofort hochrot im Gesicht, warf sich in die Brust und fing an zu brüllen, schrie »Dreckstück« und noch andere Schimpfwörter, die sie nicht richtig verstand und entfernte sich stampfenden Schritts.

Zu dieser Beschimpfung passte ein Vorfall kurz nach Beginn des neuen Jahres – wobei Weihnachten und Silvester und die Tage dazwischen anders als erwartet, als befürchtet, relativ ruhig verlaufen waren, außer immer wieder lautem Türenschlagen und ein paarmal unverständlichem oder unartikuliertem Geschrei nachts vom Treppenhaus her. In dieser Nacht dann, gegen elf Uhr, hörte man erneut Brandner im Treppenhaus schreien, diesmal allerdings derart laut und schrill, dass Ben die Wohnungstür öffnete, um nachzusehen – und auch weil Sveta und er sich vorgenommen hatten, nicht einfach alles hinzunehmen. Da stürmte Brandner schon nach oben, äußerst erregt und aggressiv, bedrohte an der Wohnungstür Ben – »komm raus, ich zerleg dich, komm raus« – schrie zu Sveta, die jetzt bei Ben stand: »Dich hab ich mehrmals im Bordell getroffen, o ja, dich hab ich gebumst, du Nutte«, und machte entsprechende Gesten dazu; hinter seinem Rücken schaute mit großen Augen das Mädchen hervor. Sveta und Ben zogen sich nun doch zurück, schlossen die Tür, bevor hier etwas unkontrollierbar eskalierte. Aber sie riefen die Polizei. Auf deren Frage, ob sie sich diesen Ausbruch irgendwie erklären könnten, meinte Ben, er habe heute die Kletterrose, die am und schon *in* den Hauseingang wuchs, zurückgeschnitten, damit niemand hängenbliebe oder sogar sich das Gesicht zerkratzte. Vielleicht habe das Geschrei damit zu tun, Brandner sehe alles hier als »seins« an, alles müsse so bleiben, wie es sei. Das habe Brandner zum Beispiel geäußert, als er, Ben, Heiligabend den Hof gekehrt habe, so viele Blätter hätten da gelegen, und Brandner mache nie die Kehrwoche, vielmehr habe er einmal quer über den Kehrwochenplan geschrieben, dass Gott nicht putze, der Teufel nicht putze und er auch nicht – das hätten sie inzwischen vom dritten Eigentümer der WEG, von dem jungen Ehepaar ihnen gegenüber und von der Hausverwalterin Frau Kreisler erfahren. Plötzlich sei dieser Brandner aufgetaucht, habe auf ein Beet gezeigt, das entlang des Wegs vom Hof hin zur Straße lag, voll von altem Farn und anderem vertrockneten und verfaulten Gewächs, und habe sehr kategorisch gesagt: »Das bleibt alles so, wie es ist« – und weiter: »Sonst gibt's die Finger ab.« – Er, Ben, sei damals, noch an Heiligabend, zur Polizeiwache gefahren und habe es zu Protokoll gegeben. Für eine Anzeige habe es nicht ausgereicht; der protokollierende Beamte habe gemeint, dieser Brandner hätte dann schon die Finger tatsächlich abschneiden oder wenigstens sagen müssen: »sonst bring ich dich um«. Die Beamten, die jetzt gerufen worden waren, meinten, leider sei das so, meistens könnten sie konkret erst eingreifen, wenn schon etwas passiert sei, wenn es sozusagen schon Tote gegeben habe. Im Moment könnten sie nur einmal mit dem Herrn sprechen und ihn ermahnen.

Das taten sie auch, ohne weiteres zu erreichen. Allerdings erstatteten Sveta und Ben, auf Empfehlung der Beamten, Anzeige wegen schwerer Beleidigung – was am Ende tatsächlich zu einem Strafbefehl gegen Brandner führte. Damals hatten sie sich schon an einen Anwalt gewandt – und mit ihm bereits auch besprochen, ob man gegen den Voreigentümer Klage erheben könne. Denn der habe offensichtlich doch geplant, ihnen beiden, all die Probleme mit Brandner verschweigend, das faule Objekt anzudrehen – um es selbst endlich loszuwerden.

Nur einen Tag nach der Beleidigung vernahmen Sveta und Ben etwa gegen halb sieben Uhr abends Stimmen und Geräusche im Treppenhaus. Da jedes Geräusch sie inzwischen aufhorchen ließ, schaute Ben durch den Türspion und sah Brandner mit seiner Tochter die Treppe heraufsteigen. Er winkte schnell Sveta herbei und ließ auch sie durch das Guckloch blicken. Brandner und Tochter stiegen weiter in Richtung Dachboden. Gleich darauf waren von dort, direkt über Wohn- und Schlafzimmer, Stimmen zu hören: Brandners durchdringende Stimme und die des Mädchens. Bruchstückhaft konnte man verstehen, dass er ihr erklärte, wie man Basketball spielen müsse. Und dann ertönte Poltern eines heftig auf den Boden knallenden Balles.

Nach etwa zehn Minuten andauernden Gepolters rief Ben die Polizei – sich erinnernd an Brandners Äußerungen vom Nachmittag desselben Tages. Auch da hatten sie sich an die Polizei gewandt, weil Brandner sein Opel-Cabrio (das er selbst bei der frostigen Kälte mit offenem Verdeck fuhr) ganz nah zu *ihrer* Garage geparkt hatte, wodurch es die Ausfahrt behinderte und Sveta, die wegfahren wollte, nicht hinauskam. Vor den Beamten hatte Brandner geäußert, er werde auf dem Dachboden sein Studio einrichten und Basketball spielen, jeden Abend.

Das Gepolter setzte sich fort, Ben indes ging nicht nach oben, aufgrund eines Erlebnisses am späten Abend ein paar Tage zuvor.

Da waren abends Gäste aus dem Ausland bei ihnen gewesen, Svetas Cousin, seine Frau und der etwa zweijährige Sohn, die sich auf der Durchfahrt befunden hatten.

Das Kind war übermüdet, weil lange unterwegs, dadurch zuweilen auch aufgekratzt, wie Kinder in diesem Alter sind. Dann sprang, dann hüpfte es durch die Wohnung, zuweilen krähte es laut heraus, und plötzlich konnte dies in lautes Weinen umschlagen. Wegen der Probleme mit Brandner baten Sveta und Ben die Gäste nach einer knappen Stunde zu gehen; sie befürchteten unverhältnismäßige Reaktionen Brandners auf die Kindergeräusche. Ben begleitete die Gäste aus der Wohnung, durch das Treppenhaus und durch den Hof, wo schon Brandners Stimme aus dem Fenster drang, bis zu ihrem Wagen. Er entschuldigte sich noch einmal, verabschiedete sich und kehrte unzufrieden zurück. Kaum war er wieder in der Wohnung, vernahmen er und Sveta im Treppenhaus lautes Schimpfen und Fluchen; es fiel unter anderem das Wort »Votze«. Brandner stieg auf den Dachboden und begann dort zu poltern. Nach einer Weile stieg Ben hinterher. Oben sah er, wie Brandner einen großen Ball mit aller Kraft immer aufs Neue auf den Boden prellte. Ben versuchte, ihn zu beruhigen, sagte, dass man die Gäste wegen des Kindes extra früh weggeschickt habe – und fühlte sich innerlich erniedrigt. Brandner schrie ihn sofort an, knallte weiter den Ball auf den Boden, äußerte aggressiv, er werde bis Mitternacht Basketball spielen, man könne ja die Polizei rufen. Dann stellte er sich plötzlich in eine Art Kung-Fu-Pose und forderte Ben auf, ihn anzugreifen. Dieser versuchte, ruhig zu bleiben, und versuchte nochmals zu

22

erklären. Brandner reagierte weiter aggressiv und polterte wieder mit dem Ball.

Ben rief die Polizei. Während er und Sveta warteten, setzte Brandner über eine halbe Stunde das Gepolter über ihnen fort und schimpfte, fluchte immer wieder mit lauter, oft schriller Stimme. Sveta hatte Angst, war am Rande eines Zusammenbruchs. Schließlich sah Ben durch das Fenster die Polizei vorfahren. Er ging nach unten und unterrichtete kurz die beiden Beamten, eine Frau und einen Mann, die auf der Straße noch das von hier aus dumpfe Poltern vernahmen. Gerade als sie das Haus betreten hatten, kam ihnen von oben Brandner entgegen. Sie sprachen mit ihm; Ben vernahm, wie er den Polizisten sagte, dass er sich in seiner Ruhe gestört fühle, weil man in der Wohnung über ihm zu laut telefoniere. Als er dies sagte, saß er auf dem Glastisch und baumelte mit den Beinen. Er war absolut unrasiert und roch nach Alkohol. Dies bestätigten auch die beiden Beamten, als sie schließlich, nachdem sie mit Brandner in dessen Wohnung noch länger gesprochen hatten, zu Sveta und Ben herauf kamen. Beide schilderten ihnen ausführlich die heutige Situation und die Probleme mit Brandner im Ganzen. Die Beamten meinten, sie könnten die Verzweiflung verstehen, leider sei es ihnen im Moment nicht möglich, direkt etwas zu unternehmen. Irgendwie seien dem Herrn die Bewohner über ihm ein Dorn im Auge, so habe er gesagt, habe auch davon gefaselt, dass es seine Wohnung sei, was aber offensichtlich ja nicht stimme. Sie rieten, alles aufzuschreiben, was vorfalle, und es etwa auch an die Stadt zu schicken.

Das Gepolter an diesem neuen Abend hörte nach einer weiteren Viertelstunde auf. Im Treppenhaus ertönte nun Gelächter, das heisere, hämische Brandners und das helle des Mädchens; sie stiegen nach unten, verzogen sich in die Wohnung; krachend fiel die Tür ins Schloss. Erst danach kamen die beiden Polizisten, diesmal zwei Männer, an. Ben und Sveta erklärten ihnen die Lage, sie stimmten zu, dass dieses Ballspielen auf dem Dachboden ein Akt der Provokation gewesen sei, und meinten beruhigend, man könne jederzeit die Polizei rufen, auch wenn das Ereignis beim Eintreffen womöglich schon vorbei sei. Außerdem teilten sie mit, über die vorherigen Ereignisse Bescheid zu wissen. Sie sagten zu, mit Brandner nochmals zu reden, mehr allerdings könnten sie im Moment nicht tun.

Später erfuhren sie von Herrn Hauser, dass dem Voreigentümer ihrer Wohnung ähnliches passiert sei. Mindestens zweimal habe Hindelang ihm berichtet, wie Brandner spät am Abend und in der Nacht auf dem Dachboden böswillig gelärmt, getrampelt und mit dem Ball gespielt habe.

Zu diesen Vorkommnissen kamen, gewissermaßen als Nadelstiche – und zwar, wenn Sveta und Ben sich zurückbesannen, von Anfang an – die zahlreichen Kippen Brandners, diese Reste von oft nicht einmal halb gerauchten Zigaretten, die, kaum aufgekehrt, schon wieder vor ihrer Garage lagen und sogar im Kellervorraum, den sie gemeinsam mit ihm hatten. Die Keller der beiden übrigen Wohnungen lagen auf der anderen Seite; von daher kam mit Sicherheit nichts. Zudem konnte Sveta ihn auch einmal dabei beobachten, wie er von seinem Balkon, der zur Straße ging, Zigarettenkippen gezielt vor die Garage warf. Frau Jenisch berichtete davon, dass Brandner immer wieder Zigarettenkippen vor den Hauseingang geworfen habe, was sie, neben ihren anderen Aussagen zu den Verhältnissen im Haus, auch in ihrem Brief für Svetas und Bens Rechtsanwalt bestätigte. Und ein Herr Pfleiderer, im Haus gegenüber wohnend, teilte ihnen mit, Brandner habe früher aus vollem Aschenbecher Zigarettenkippen sogar bis auf die andere Straßenseite geworfen, sei außerdem schon mal auch spätnachts heimgekommen und habe bei offenen Fenstern die Musik bis zum Anschlag aufgedreht, und alle in der Nachbarschaft hätten öfter mitbekommen, wie Brandner plötzlich brüllte, dann Pause, Totenstille, und plötzlich wieder irres Geschrei; die kleine Tochter sei zu bedauern. Polizei?, entgegnete er auf die Frage von Sveta und Ben, nein, die habe nie jemand geholt, man habe sich nicht mit ihm anlegen wollen. Weiter sagte er, es sei für ihn ganz klar, weshalb der Voreigentümer ihrer Wohnung mit seiner Familie ausgezogen sei – von einem Tag auf den anderen, ohne dass man es mitbekommen habe, seien sie weg gewesen. Dieser Brandner habe einmal auch alle die schönen Rosen der Hindelangs, da seitlich am Durchgang zum Hof, abgeschnitten, kurz und klein geschnitten; so einer sei das. Allerdings lehnte Herr Pfleiderer es ab, seine Informationen ihrem Anwalt zur Verfügung stellen; er wollte sich keinesfalls Ärger einhandeln.

Was im übrigen Brandners eigentümlichen Bekanntheitsgrad betraf, so erzählten sie dem Schornsteinfeger, der zum Termin der Gashausschau erschien, erst seit kurzem hier zu wohnen, von Anfang an aber große Schwierigkeiten mit einem Hausbewohner zu haben. »Unten der?« fragte er prompt und ergänzte, seine Firma habe mit dem seit Jahren ihre Probleme.

Nach diesen ganzen Ereignissen und Vorfällen mit Poltern, Türenschlagen Geschrei, Tonnenumwerfen, Beleidigung und Bedrohung und Herbeirufen der Polizei fand etwas mehr als drei Monate nach ihrem Einzug die erste außerordentliche Eigentümerversammlung statt – der noch andere folgen sollten. Ben hatte gedrängt, den üblichen Versammlungstermin vorzuverlegen, in dem verzweifelten Wunsch, gegen Brandner etwas zu unternehmen; in der vagen Hoffnung, mit offizieller Unterstützung der Hausverwaltung auf ihn einwirken zu können. Frau Kreisler hatte anfangs gezögert, denn sie habe, wie sie erklärte, nach den ersten Konfrontationen mit Brandner, nachdem Herr

Hauser wegen ihm die privat geführte Verwaltung auf- und an sie abgegeben hatte, ehrlich gesagt kaum noch Motivation verspürt, mehr als das Notwendigste zu erledigen.

Durch die Berichte aber, die Ben ihr regelmäßig schickte, nach mehreren Telefonaten, in denen er ihr klagte, sie bat und drängte, schwenkte sie endlich um, hegte Mitgefühl für die neu Eingezogenen, die der Voreigentümer doch, wie sie feststellte, schäbig hinters Licht geführt habe, und wurde angriffslustig. Sie zog die Versammlung vor und setzte nun sogar auf die Tagesordnung den Punkt »Beschluss über die Einleitung eines gerichtlichen Verfahrens auf Entziehung des Wohnungseigentums ...«, falls er diese und jene Forderungen, zu deren Erfüllung er innerhalb der WEG verpflichtet war, in gewissen Fristen – was alles einzeln aufgeführt war – nicht erfüllte.

Natürlich hatte sich Brandner, nachdem er die Einladung erhalten hatte, für den speziellen TOP wie für alle anderen gerüstet. Er wirkte zwar manchmal wie irrsinnig, besaß aber mindestens eine ausgeprägte Bauernschläue. Am festgesetzten Termin erschien er gleich mit zwei Anwälten, einer jungen Frau und einem jungen Mann, von denen *sie* behauptete, Vertretung für *ihn* zu sein, der eigentlich krank gemeldet, nun aber unvermutet doch auch erschienen sei. Anwälte konnten nur mit mehrheitlicher Zustimmung der Eigentumsparteien während der Versammlung anwesend sein. Frau Kreisler verwies darauf und ließ abstimmen, und vermutlich war sie sicher, wie auch Sveta und Ben es waren, dass die Anwälte vor die Tür gesetzt würden. Doch obwohl Herr Hauser unter Brandner litt, stimmte er gegen alle Vernunft im Angesicht von Brandner und den beiden Anwälten nicht gegen ihre Anwesenheit. Also blieben sie, und nicht zuletzt ihrem taktischen Einfluss gelang es, Brandner die Erfüllung dieser und jener Forderungen innerhalb einer gewissen Frist, wie das in der Einladung aufgeführt war, zusagen zu lassen, weshalb der Beschluss

26

zur Entziehung des Wohnungseigentums nicht einmal ansatz-weise erreicht werden konnte. Ohne die Anwälte wäre Brandner vielleicht doch irgendwann ausgeflippt, so indes hielt er sich er-staunlich in Zaum oder wurde gehalten, und wenn er auch seine Zusagen auf längere Sicht kaum einhalten würde, jetzt lagen sie formal vor, und die Waffe war damit stumpf geworden. Brandner triumphierte innerlich, das merkte man.

Weiter vorgerückt im Jahr, erschien eines Samstags am frühen Nachmittag die Hausverwalterin, um sich die Situation vor Ort – neues oder verbliebenes Gerümpel im Hof, nicht beseitigte Gegenstände im Treppenhaus, von Brandner unzureichend durchgeführter Rückschnitt des Bewuchses im Hofraum – an-zuschauen. Herr Hauser war ebenfalls anwesend. Es handelte sich hier um nicht oder nur ungenügend erfüllte Forderungen, die auf jener ersten vorgezogenen Eigentümerversammlung an Brandner ergangen waren, und die umzusetzen er im Beisein seiner zwei Anwälte zugesagt hatte, und um Forderungen (etwa Demontage eines permanent den gemeinsamen Außenwasserhahn blockie-renden Schlauchs), die ihm von der Hausverwaltung nachträg-lich noch gestellt wurden. Frau Kreisler griff rigoros Gegenstände Brandners, die im Hof herumstanden oder -lagen, und beförderte sie in dessen Garten. Den Schlauch löste sie vom Wasserhahn und trug den ganzen Schlauchwagen ebenfalls in den Garten. Als sie nach etwa einer Viertelstunde gerade im Gehen war, erschien Brandner mit seiner Tochter. Zu Frau Kreisler schrie er: »Wenn Sie noch einmal meine Sachen anfassen ...« und anderes. Sveta und Ben gingen nach oben in die Wohnung, damit sie zwischen ihm und sich Distanz brachten. Durch das offene Küchenfenster vernahmen sie dann, als sowohl Frau Kreisler wie Herr Hauser fort waren, Brandner im Hof. Er sagte kategorisch: »Das ist meins« – und holte all die Gegenstände aus seinem Garten, um sie wieder am Haus zu deponieren oder einen alten vergammelten Plastik-Blumenkasten wieder auf dem Mäuerchen gegenüber dem Hauseingang. Dann schrie er: »Das ist mein Schlauch«, stellte den Schlauchwagen zurück und schraubte den Schlauch wieder an den Hahn, verkündete laut: »Das ist *mein* Wasseranschluss«, fügte hinzu: »Die andern können nicht einfach machen, was sie wollen« – und sagte zu seiner Tochter: »Vergiss das nie!«

Später am Nachmittag fuhren Sveta und Ben im Auto weg, wieder einmal, um eine Weile größeren Abstand zu gewinnen. Beim Gang zur Garage sahen sie nur den alten Kombi Brandners am Straßenrand parken. Das Cabrio fehlte, was anzeigte, dass Brandner ebenfalls weggefahren war. Denn wenn er sich in der Wohnung aufhielt, standen gewöhnlicherweise beide Autos da; kaum je entfernt er sich zu Fuß vom Haus.

Am Abend dann nach Hause gekehrt (obwohl sie sich hier gar nicht mehr zu Hause fühlten), verließ Ben noch einmal die Wohnung, um etwas aus der Garage zu holen. Er befand sich gerade im Durchgang vom Hof zur Straße, da hörte er den Chihuahua bellen und gleich darauf Brandner mit seiner unverwechselbaren Stimme schreien: »Du Dreckstöle« und wie er Bellen nachmachte. Dann rief er – offensichtlich auf Sveta gemünzt: »Du hast dein Vaterland verlassen, geh zurück« und dass ihr doch ein Chromosom fehle. Ben lief hastig Richtung Hof, stürzte an den paar Stufen, die zu ihm führten, riss sich die Hose am Knie auf, worauf er nicht weiter achtete, kam um die Ecke in den eigentlichen Hof, sah Brandner nicht, aber Sveta mit Hund auf dem Balkon (ihr Balkon lag zum Garten hin). Dann plötzlich, aus dem Gartenstück dieses Nachbarn, das durch den Bewuchs nicht einsehbar war, vernahm er ein lautes »Dreckspack«.

Schon einmal, einige Wochen früher, hatte Brandner Sveta sozusagen aufgefordert, von hier wegzugehen. Damals waren sie von einem Spaziergang mit dem Hund zum Haus gekommen, und Brandner hatte von seinem Balkon herab gerufen, dass sie in ihr Land zurückkehren solle. Und zu Ben damals: er sei ein Vaterlandsverräter und gehe am besten mit.

Jetzt, nach der erneuten Landesverweisung, sagte Ben zu Sveta, er werde gleich hinaufkommen, müsse nur noch etwas aus der Garage holen. Als er dann an der Garage stand und das Tor geöffnet hatte, tauchte plötzlich Brandner auf. Aggressiv sagte er: »Die Schlichtung ist gescheitert, jetzt werden Sie was erleben.« Diese Schlichtung, dieser Schlichtungs*versuch* hatte kurz zuvor stattgefunden und war ein vorgeschriebener Schritt gewesen, bevor gegen Brandner Unterlassungsklage erhoben werden konnte. Und weiter, mit aufgerissenen Augen und mühsam vor dem Überschlag ins Schrille verhaltener Stimme: Er werde ihn wegen Hitler verklagen und auch den Anwalt werde er verklagen, alle werde er verklagen, ihm könne keiner was, seine Anwälte stünden schon bereit. Dann lachte er verächtlich und fuhr fort, dass er seine Wohnung vermieten werde, und zwar an fünfzehn Albaner, handverlesene, die Terror machen würden, da werde man sich jeden Tag freuen, hier eingezogen zu sein. Ben versuchte ruhig zu bleiben, fragte nach wegen des Terrors und ob das eine Drohung sei, Brandner bestätigte es – wie er das ähnlich vor dem Umzug getan hatte.

Wieder in der Wohnung, hörten Sveta und Ben ihn im Hof lachen. Als sie aus dem Küchenfenster hinausschauten, rief Brandner nach oben, ob er denn etwas Beleidigendes oder Strafbares gesagt habe und ob man ihn filmen wolle – und stellte sich in Pose, grinste und lachte. Unter anderem sang er auch, ein Kinderlied verballhornend: »La le lu – und der Mann mit Faust schlägt zu, schade, wenn sie in die Fresse immer eins noch kriegen ...«, und fluchte und lachte immer wieder vor sich hin.

Nach einem Telefonat daraufhin mit ihrem Anwalt riefen sie Mikail an, den Freund von Svetas Tochter, ob er kommen könne, schilderten ihm die Situation und gestanden, sich allein nicht wohl und sicher zu fühlen. Während beide warteten – sie hielten sich in der Küche bei offenem Fenster auf – hörten sie, wie Brandners Tochter kam; von dem Moment an hielt er sich mit Lachen, Singen und Fluchen zunächst zurück, blieb aber vorerst im Garten.

Mik erschien nach kurzer Zeit und berichtete, gleich beim Eintreten Folgendes: Er sei gerade um die Ecke in den Hof gebogen, da habe er diesen Brandner sagen hören: »Denen werde ich sowas von die Fresse polieren, das ist mir scheißegal« – und habe dann gesehen, dass er dies gegenüber seiner kleinen Tochter geäußert hatte. Weiter habe Brandner gesagt: »Nachher werden noch zwei Freunde kommen und mir helfen, weißt du, auch der mit der Gesichtstätowierung ... «

Marias Freund erzählte das sehr aufgebracht, aber auch Sveta und Ben hatten die Worte durch das offene Küchenfenster vernommen und wie Brander am Ende wieder lachte. Deshalb rief nun Ben das Polizeirevier an und erklärte, dass sie sich bedroht fühlten und warum. Der Beamte versprach, eine Streife zu schicken, die mit dem Herrn reden werde. Er fragte, ob man auch nach oben kommen solle; Ben bejahte. Nach knapp einer halben Stunde traf die Polizeistreife ein. Die beiden Beamten fanden Brandner nicht mehr im Garten und läuteten bei ihm an der Wohnung. Aus dem Treppenhaus vernahmen Sveta, Mik und Ben, wie er öffnete und es zu einem erregten Wortwechsel kam.

Dann erschienen die Polizisten bei ihnen; einer davon war derjenige, mit dem Ben telefoniert hatte. Sie teilten mit, Brandner habe sich nicht einsichtig gezeigt, weshalb sie ihm klargemacht hätten, dass er, wenn irgendetwas vorfallen sollte, die Nacht auf der Wache verbringen werde. Mehr, so meinten sie, könnten sie im Moment nicht tun; man solle aber jederzeit die Polizei rufen, wenn es notwendig erscheine. Und einer der Beamten meinte angesichts des Verhaltens von Brandner zu Sveta und Ben, ob sie es schon mit dem Gesundheitsamt versucht hätten. Jedenfalls sollten sie ihn wegen der Sache mit dem Chromosom und der Aufforderung, das Land zu verlassen, anzeigen.

Sie befolgten den Rat. Etwa vier Wochen später erfuhr Ben durch einen Anruf der Kriminalpolizei, dass man die Anzeige hinsichtlich eines Hintergrunds, der für den Staatsschutz relevant sein könnte, bearbeite. Das ließ beide aufhorchen; indessen hörten sie weiter nichts mehr davon, ließ nichts auf Konsequenzen schließen.

Am folgenden Sonntag vernahmen Sveta und Ben ab etwa sieben Uhr abends verstärktes Türenschlagen von unten im Treppenhaus und bemerkten wenig später Gäste in Brandners Garten. Bald darauf sah man im Garten auch Grillrauch aufsteigen, und mehrmals summte die Klingel für die Wohnung der beiden, ohne dass sich jemand an der Sprechanlage gemeldet hätte. Wieder auch lärmte das Türenschlagen aus dem Treppenhaus.

Sveta ging dann gegen neun Uhr mit Müll nach unten, um ihn zur Tonne zu bringen. Brandner rief ihr im Hof, wo er in dem Moment auftauchte, hinterher: »Eins, zwei, drei, wo bleibt die Polizei?!« – Sie fragte, ob er mit ihr spreche, woraufhin er rief: »Halt Schnauze!« – Ben hörte dies vom Balkon aus, wo er stand, um aufzupassen, falls etwas passierte.

Nach ein paar Minuten kam Sveta zurück. An der Haustür begegnete ihr ein Mann, der von Brandners Garten hergekommen war. Sie sagte zu ihm, dass man bei Ihnen, der Wohnung im Obergeschoss, bitte nicht klingeln solle. Der Mann reagierte aggressiv und sagte: »Ich kenne Sie nicht, ich weiß nicht wo Sie herkommen, was *be*stellen Sie mir, hol doch die Bullen.« – Da Ben seine Lebensgefährtin im Treppenhaus erwartete, hörte er es auch, und die Wortverwechslung amüsierte ihn keineswegs.

Nach wenigen Minuten klingelte es erneut bei ihnen. Ben rief bei der Polizei an und sagte, er habe schon gestern die Polizei hergebeten, wegen des Gefühls der Bedrohung; heute sei es, weil seine Lebensgefährtin und er sich belästigt fühlten durch permanentes Türenschlagen im Treppenhaus und durch häufiges Läuten der Wohnungsklingel, ohne dass sich jemand melde. Der Beamte am Apparat meinte, Herr Brandner habe selbst schon angerufen und gesagt, dass Sveta (er nannte ihren Familiennamen) seinen Gast beleidigt habe, indem sie behauptet habe, er würde bei der fremden Wohnung klingeln, was nicht stimme.

Etwa eine halbe Stunde darauf war Polizei im Garten zu bemerken, die mit den Leuten dort sprach. Danach kamen die beiden Beamten zu ihnen in die Wohnung – einer von ihnen war seinerzeit schon wegen des ersten Basketballauftritts von Brandner hier gewesen. Sveta und Ben schilderten den Beamten die Situation von gestern und heute und in Grundzügen die Vorgeschichte, sagten ihnen, dass aufgrund Brandners Verhalten bereits Mieter und Eigentümer ausgezogen seien – und auch sie würden sich sehnlich wünschen, aus diesem Haus wieder fortzukommen.

Jener Polizist teilte mit, dass der vermeintlich beleidigte Gast sich, außer ein wenig betrunken zu sein, ganz vernünftig gezeigt habe und nichts von Beleidigung oder Anzeige wissen wollte. Vielmehr sei es Brandner gewesen, der sofort und vehement auf eine Anzeige gedrängt habe. Und er ließ erkennen, dass er ihren Nachbarn als sehr seltsamen Charakter einschätze.

Nach dem Einsatz blieb es, abgesehen vom Reden und Lachen aus dem Garten, still. In der Nacht allerdings, als alle Gäste verschwunden waren, ertönte aufs neue Türenschlagen durch das Treppenhaus ...

So stand es, als es gegen Brandner endlich vor Gericht gehen sollte. Und inzwischen hatten Sveta und Ben auch gegen den

Voreigentümer ihrer Wohnung Klage eingereicht, Klage auf Kaufrückabwicklung wegen bewusster, arglistiger Täuschung.

Zu dieser Rückabwicklung kam es am Ende nicht; die Bedingungen hatten sich verändert. Brandners neuer Anwalt – der vorherige hatte sein Mandat niedergelegt – brachte ihn schließlich dahin, Svetas und Bens Wohnung zu kaufen, zum kompletten Preis, den *sie* damals bezahlt hatten. Im Gegenzug sollten die beiden auf ihre Klage gegen ihn verzichten und erklären, bis zu einer gesetzten Frist auszuziehen oder dann eine, wenngleich verminderte, Miete an Brandner zu zahlen. Obwohl sie, wenn der Kauf zustande kam, Brandner gewissermaßen belohnt sahen, stimmten sie zu, weil sich dadurch erstens alles beschleunigte, weil sie zweitens sich auf die Weise von ihm befreien konnten, selbst falls sie ihren Prozess gegen den Voreigentümer verlören, und weil sie drittens zeigen konnten, wie sehr es sie drängte, Wohnung und Haus wieder zu verlassen, ja, gänzlich loszuwerden. Das würde im Prozess gegen Hindelang ihren Anschuldigungen Nachdruck verleihen, gegen den die Klage nun aber auf Schadensersatz umgewandelt wurde – was an sich die Aussicht auf Erfolg vergrößerte. Brandner am Ende, der konnte zufrieden sein, er erhielt, was er all die Zeit begehrt hatte: nämlich »seine« ganze Hälfte des Hauses. Sveta und Ben mussten hoffen, möglichst rasch eine neue Wohnung zu finden und sie – mittels Pfandtausch-Verfahren – zu erwerben. Da man ihnen sagte, es sei möglich, übten sie sich in Zuversicht. Schließlich auch erreichten sie dieses Ziel und ihre Freiheit wieder.

Und – nach vielen, langen Monaten – gewannen sie vor Gericht sogar gegen den Voreigentümer. Als es hierbei ganz zuletzt darum ging, den vom Gericht auferlegten Schadenersatz zu begleichen, versuchte der Anwalt der Gegenseite, noch ein allerletztes Mal

Zeit zu schinden; offenbar konnte er nicht aus seiner Haut. Der Anwalt von Sveta und Ben schickte ihnen das betreffende Schreiben. »Wie stehen Sie dazu?« fragte er. Ihre Antwort lautete wie folgt:

»Wir wundern uns und sind empört. Wie immer in den über zwei Jahren des Prozesses hat der Gegenanwalt erneut bis zum letzten Ende einer Frist gewartet, um sich erst dann im Namen seines Mandanten zu melden. Bisher ging es um Fristverlängerungen, die das Verfahren selbst in die Länge zogen. Jetzt hat er die Frist der Zahlungsaufforderung verstreichen lassen – und bleibt sich treu: Er möchte für seinen Mandanten wiederum eine Art Verlängerung erreichen, diesmal um die Zahlung der im Gerichtsurteil bestätigten Schadensersatzforderung hinauszuzögern.

Dieser Anwalt bzw. er im Namen seines Mandanten legte zwar Berufung ein, hielt es aber nicht für nötig, Stellung zu nehmen, als das Oberlandesgericht die Absicht erklärte, die Berufung zurückzuweisen, und er sah auch, als die Zurückweisung (zwangsläufig und absehbar) erfolgt war – und als ihm klar sein und er es seinem Mandanten klar machen musste, dass die Schadensersatzzahlung zu leisten sein werde –, keine Notwendigkeit, jetzt über eventuelle Zahlungsmodalitäten zu verhandeln. Er blieb stumm, wie auch zunächst, als ihm bzw. seinem Mandanten die ganz konkrete Zahlungsaufforderung zugegangen war. Erst zwei Wochen später, eben am Ende der Frist, meldet er sich, um … – siehe oben, siehe früher, siehe, wie er es stets gehalten hat: »Und ewig grüßt das Murmeltier«, so nannten wir es einmal. Fristende – Fristverlängerung – Fristende – Fristverlängerung ad. inf., das ist sein Prinzip. Dies verfängt jetzt aber nicht mehr.

Wir sind davon überzeugt, dass Hindelangs und ihre Helfershelfer die arglistige Täuschung beim Verkauf der Wohnung ganz bewusst planten. Sie waren sich sicher, dass ein Käufer, der in die Falle geriete und zur Geisel des schrecklichen Hausnachbarn würde, niemals Beweise fände, die es ihm ermöglichen könnten, dieses – wir sagen ganz bewusst: Verbrechen – vor Gericht zu bringen.

Der Gegenanwalt kommt nun mit dem Druck auf die Tränendrüse, indem er Hindelang als Familienvater einer 4-köpfigen Familie und mit durchschnittlichem Einkommen darstellt. Wo war der Familienvater, als er und seine Frau (und seine Helfershelfer) diesen Betrug ersannen, durch den sie ihre Opfer, die sie sich erhofften, sehenden Auges und klaren Verstandes dem Psychopathen Brandner und den untragbaren Verhältnissen im Haus ausliefern würden; deren Leben sie also zu zerstören die Absicht hatten, um ihr eigenes Leben – das sie durch die Flucht aus diesem Haus in Sicherheit gebracht hatten – nun auch ökonomisch noch zu sanieren: durch das Geld, das für die Wohnung zu bezahlen war. An ihren Opfern vergingen sich Hindelangs also zweifach: psychisch-physisch und finanziell.

Hat sich in diesem Zusammenhang der Familienvater Hindelang überlegt, welche Werte er der Erziehung seiner Kinder zugrunde legt?; welche Werte er vertritt, die er seinen Kindern mit auf den Weg gibt?; welches fremde Familienleben er zerstört, indem er andere – an denen weitere Menschen hängen, die von all dem, was jenen passiert, mitbetroffen sind – der Situation ausliefert, vor der *er* >zum Schutze von Frau und Kindern< geflohen war ...?

Zum Schutze von Frau und Kindern, so hat Hindelang über seinen Anwalt damals – derselbe Anwalt, der ihn auch in unserem Fall vertrat – seine Flucht vor Brandner begründet. Genau der Situation, vor der er geflohen war, wollte er seine Opfer aussetzen – setzte also sein Leben über das von anderen, oder umgekehrt: sah das Leben anderer als minderwertig an. Und ging davon aus, dass sein Verbrechen niemals nachweisbar sein werde.

Und in der Tat kam man nur durch einen Zufall auf die Spur, die zu Hindelangs Klageschrift gegen diesen Brandner führte, in der Schwarz auf Weiß von Flucht die Rede ist und davon, dass Hindelang und seine Familie dem unerträglichen Verhalten dieses Brandner ausgesetzt gewesen waren, ohne ihm Anlass dazu gegeben zu haben. Erst durch den äußerst unwahrscheinlichen Fund eines Zeitungsartikels konnte das Gerichtsverfahren ins Rollen gebracht werden.

In diesem Verfahren aber versuchte Hindelang über seinen Anwalt – denselben Anwalt, der seinen Mandanten als grundlos von diesem Brandner verfolgt bezeichnet hatte – den Opfern, die er durch arglistiges Verschweigen und Täuschen in die Falle hatte locken können, selbst die Schuld an dem aggressiven, unerträglichen Verhalten dieses unseligen Nachbarn, unter dem *sie* nun leiden mussten, zuzuschieben. Nicht genug, dass Hindelang seine Opfer betrogen und kühl berechnend der Zerstörung ihres Lebens ausgeliefert hatte – er verhöhnte sie durch diesen Schuldvorwurf auch noch.

Hindelangs – dem Familienvater und seiner Frau – war es völlig gleichgültig, was uns passieren würde und tatsächlich dann passierte. Über ihren Anwalt ließen sie bestreiten, dass wir ein Spießrutenlaufen erlebten; dass wir unseres Lebens nicht mehr froh wurden.«

Weiter hieß es in der Antwort, Svetlana habe eine Tante, die in der Nähe wohne und außer ihrer Tochter die einzige Verwandte hier im Land sei und die gesundheitliche Probleme habe. Diese Tante hätten sie nie in die Wohnung eingeladen, weil man ihr die Verhältnisse nicht zumuten wollte und ihr einfach auch die Wohnung gar nicht zeigen mochte, aus der Sveta und Ben nichts lieber als so rasch wie möglich wieder ausgezogen wären. Jetzt hätten sie – mit viel Mühe und Aufwand – an einem anderen

Ort eine neue Wohnung mit normalen Verhältnissen gefunden, der Gesundheitszustand der Tante indessen habe sich so verschlechtert, dass man ihr den Weg zu ihnen nicht mehr zumuten könne.

Der Vater von Ben (die Mutter bereits seit Jahren tot) habe aus den gleichen, oben genannten Gründen die vorherige Wohnung ebenfalls nicht gesehen. Die neue Wohnung ihm zu zeigen, sei aber nicht mehr möglich, da er unterdessen gestorben sei.

Zynischerweise müssten sie zudem anmerken, dass der relativ plötzliche Tod des Vaters für sie ein Glücksfall gewesen sei. Denn dadurch habe sich eine kleine Erbschaft ergeben, die es ihnen rechtzeitig ermöglichte, trotz der Prozesskosten und der Zusatzkosten für den schließlichen Erwerb der neuen Wohnung nicht in finanzielle Turbulenzen zu geraten.

Das durchschnittliche Einkommen vom Familienvater Hindelang berühre sie vor diesem Hintergrund wenig. Sie wüssten, dass auch Frau Hindelang berufstätig sei. Vor allem aber hätten diese Hindelangs durch den betrügerischen Verkauf ihrer Wohnung viel Geld erhalten. Durch Svetas und Bens Geschick in den Verkaufsverhandlungen mit Brandner – ausgerechnet mit ihm seien sie zu verhandeln gezwungen gewesen, da die Wohnung auf dem freien Markt (ohne betrügerische Camouflage) unverkäuflich gewesen wäre – hätten sie außerdem erreicht, dass er diese Wohnung zum ursprünglichen Preis erwarb und hätten dadurch dem Familienvater mit durchschnittlichem Einkommen Hindelang etliche tausend Euro erspart. Statt der kompletten Rückzahlung der Kaufsumme plus Schadensersatz sei er – im Zuge der Umwandlung in eine Schadensersatzklage – jetzt zur Zahlung eines wesentlich geringeren Betrages verurteilt. Verurteilt aber sei er, und dieses Urteil wollten sie umgesetzt sehen.

Laut einer Mitteilung der Hausverwalterin Frau Kreisler seien Hindelangs nach ihrer Flucht in eine Mietwohnung gezogen und keineswegs in eine neue eigene Wohnung, um da die kranken Eltern mit aufzunehmen, wie man sie hatte glauben machen wollen. Also müsste von der Kaufsumme noch genug vorhanden sein, zumal man annehmen könne, dass sie zumindest einen größeren Teil dieser Geldmenge angelegt hätten. Sollten diese Hindelangs aber doch in eine Eigentumswohnung gezogen sein und hierfür die Summe aus ihrem betrügerischen Verkauf verwendet haben, dann könnten sie eine Hypothek aufnehmen.

»Nein«, so schlossen sie, »wir gehen auf das Ansinnen der Gegenseite, die Klageforderung zu stunden, nicht ein, schon gar nicht darauf, sie in Raten begleichen zu lassen. Die gesetzte Frist zur Zahlung ist bereits überschritten. Da aber noch keine Vollstreckung eingeleitet ist, wurde dem zur Zahlung Verurteilten im Grunde schon ein Aufschub gewährt. Mehr gestehen wir ihm nicht zu, sondern fordern ihn zur unverzüglichen Zahlung auf.«

So kam es für beide noch zu einem guten Ende, und sie konnten wieder zuversichtlicher für die Zukunft planen. Andere Pläne, in die sie sich während ihrer – wie sie es nannten – Geiselhaft halb und mehr als halb versponnen hatten, waren zu ihrem Glück und Seelenheil niemals so weit gediehen, sie in die Wirklichkeit hineinzuverweben.

GANG DURCH DIE NACHT

EINGANG

Abend ist es, Freitag- oder Samstagabend, da geht man aus. Also gut, tun wir es auch. Es ist ein schöner milder Spätsommerabend, gehen wir zu Fuß. Die Sonne ist gerade am Versinken, es ist so romantisch, in die beginnende Dämmerung hineinzuwandern: machen wir einen Umweg.

Wir gehen durch Straßen, die hauptsächlich Wohnstraßen sind. Sie werden schon leise angeschattet von der kommenden Nacht; noch ist die Straßenbeleuchtung nicht eingeschaltet, und die Streifen Himmels über den Dächern haben solch einen zartgoldenen, zugleich auch gläsern-durchsichtigen Glanz – es wird einem ganz sonderbar streichelnd weh davon im Herzen ... was für ein Weh?, man sinnt und träumt sich in den Glanz hinein, was für ein Weh? Heimweh ist es? Oder ist es ein Fernweh? Oh, man möchte nur dort hinauf, hinaus, diesem Lichtschein nach – ist es ein Weh?, dies Sehnen in lustvoller Traurigkeit, eine Sehnsucht wohin ... ?

Doch abgelenkt werden unser zu weit dahinschweifender Blick und die ihm nachfolgenden Gedanken, weggelenkt von der grenzenlosen Himmelstiefe und zurückgeholt in die Straßen, denn auch da sind Lichter. Noch immer nicht die Straßenlampen, oder fällt ihr blasser Schein bloß noch nicht auf? Erleuchtete Fenster sind es. Zuerst vereinzelte, da und dort an einem Haus, wie verfrüht fast erscheinend, wie Lichter von Leuten entzündet, welche die Nacht nicht ertragen und ihren frühesten Anzeichen wehren, Fackeln gegen aus dem Dunkel schleichende Tiere. Dann allmählich werden sie zahlreicher, werden der Stunde gemäßer, aus einzelnen schimmernden Rechtecken werden glänzende Reihen, orange und rot und golden leuchtend, und endlich werden sie der eigenste Ausdruck der Stunde und zaubern Bläue über die Hauswände – solange der Himmel noch nicht gänzlich vernachtet ist, solange von dort noch ein Licht des vergangenen Tages nachscheint und die Straßenlampen noch nicht die volle Kraft besitzen, alles in ein fahles Grüngrau zu verfärben, in dem auch das warme Leuchten der Fenster zuletzt versinken wird.

So weit aber sind wir noch gar nicht in der Zeit. Die Zeit der Abendfenster will jetzt erst beginnen, und noch hat ein jedes Ding eine tagvertraute Farbe. Es sind wenige Menschen hier unterwegs, die meisten scheinen in den Häusern, in ihren Wohnungen und Zimmern zu sein; manche werden gerade zu Abend essen, viele werden damit bereits fertig sein und wiegen sich in der abendlichen Ruhe, gehen ihren Liebhabereien nach, lesen vielleicht und führen ein Doppeldasein in Zimmer und Buch; oder sie hören Musik, solche, die sie wirklich hören wollen, nicht jene, die in Lokalen, Warenhäusern, Shoppingcentern und allen möglichen Geschäften ihre spinnfadenfeine Fangnetze wirft, auch – oder besonders? – über diejenigen, die dort arbeiten. Mag sein auch, sie sitzen, wohliger Trägheit sich überlassend, vor den Fernsehgeräten, und deren Geflimmer huscht über ihre Gesichter, durch ihren Sinn, aus so manchem geöffneten Fenster tönen die hallenden Geräusche, und mit tiefer werdender Dämmerung flackert es in vielen Zimmern blässlich-blau.

Da und dort steht jemand am Fenster, schaut hinaus auf die Straße. Nicht viel, nichts eigentlich, das aufmerken ließe, passiert da draußen Schaut mancher genau deswegen?, sammelt die Stille in sich, die durch die wenigen Passanten, deren Schritte leicht an den Häusern entlang nachklacken, und durch all die anderen

Geräusche, die gedämpft von irgendwoher heranschweben, desto größer wird? Ein Hämmern lässt sich hören, das auf- und abschwingende Singen einer Kreissäge, aus Wohnungen, von Balkonen klingen Stücke von Unterhaltungen, Rufe wehen aus Höfen ans Ohr, eine altertümliche Schreibmaschine klappert, da übt jemand Klavierakkorde, dort Querflöte, hoch und nieder eilen Tonleiterläufe. An einigen Gaststätten, an Kneipen kommen wir vorüber, die paar Tische im Freien sind fast noch unbesetzt, drinnen ist es voll, und Stimmengemurmel, Stimmgeschwirr dringt heraus, bei den meisten Lokalen stehen die Fenster offen, man sieht die Leute sitzen, Stammtische, Thekenrunden. Innen wäre es sicherlich laut, nach draußen gelangt auch das gedämpft, von der Dämmerstunde eingehüllt, verliert sich mit jedem unserer Schritte mehr in die Stille der Straßen. Am Bordstein stehen, als schliefen sie, die Autos, dann und wann begegnen wir Menschen, darunter solchen häufig, die mit dem Hund die Abendrunde drehen. Die meisten indessen scheinen in den Häusern zu sein – oder sind sie schon im Zentrum der Stadt und flanieren dort durch die Straßen? Aber das ist hier sehr weit, von dessen Vibrationen ist hier nichts zu spüren. Unser Gang ist ein Wiegen, als ob wir vielmehr in einem Zimmer im Schaukelstuhl säßen, am Fenster, in den Abend träumend, ganz zuhause, ganz daheim, und draußen bummelte die Straße vorüber in die Dämmerung und nickte uns freundschaftlich zu.

Trotz der Umwege: Wir erreichen mit der Zeit belebtere Zonen, und wir treffen nicht mehr nur auf Einzelne, sondern zunehmend auf Zweier- und größere Gruppen, die in die Stadt ziehen und die auftauchen, als wüchsen sie, da man sie vorher nirgends entdeckt hatte, ab einer bestimmten Entfernung von der City aus dem Boden. Auch immer mehr Autos fahren jetzt, die Luft wird lauter, nicht mehr die Stille ist der Grund unter allem, sondern wo noch Stille scheint, zittert sie in Wirklichkeit auf einem Ostinatogrund von Geräuschen – deren Herrschaft beginnt. Jetzt außerdem fällt uns auf: Die Straßenlampen sind an, und schon blinken die Lichtreklamen, phosphoreszierend bunte Reflexe flattern durch die Luft. Der Himmel, vor ein paar Minuten war er noch leuchtend, schimmerte von hoch herab im Restlicht des Tages, als schwebten Lichtteilchen in ihm, war türkisfarben im Westen, verblaute schimmernd im Osten. Jetzt auf einmal ist er viel dunkler und stumpfer, Dunkellicht hat einen Schleier vor ihn gehängt. Hier ist ganz schon Nacht, doch nicht die sternenweite und glänzende, sie ist eher wie eine wolkenverhangene ... fremdartige Wolken sind es: Halogen- und Neonwolken ...

I

Wohin? Das ist die Frage der vielen Menschen hier in den Straßen; das fragen wir uns nun auch. Eine Weile suchen wir ziellos umher, können uns in dem verwirrenden Getriebe nicht entscheiden. Dann wenden wir uns in eine Kneipe. Wir sitzen an der Theke und trinken ein Bier, das uns ein wenig einlullen möge, damit wir träger werden und im Umhertreiben nachher leichter irgendwo angespült. Die Trägheit senkt sich in uns ein, wir möchten kaum mehr fort von unserem Thekenplatz, wie wahrscheinlich manch anderer von den Gästen, die mit uns um das Halbrund hocken. Wohin denn noch, wenn man auch hier gleich bleiben kann? Das ist gewiss der schlechteste Platz nicht, und mit ein, zwei Bieren mehr wird er *noch* wohnlicher werden. Oder liegt es bloß an der steigenden dumpfen Wurstigkeit, die nach und nach jeden Ort so gut, so schlecht, so einerlei wie alle übrigen machen will? Gehen wir lieber weiter, *wir* wollen doch schauen und nicht so früh in dickem Nebel versinken. Ein *feiner*

Nebel hingegen – so wie jetzt – ist gar nicht schlecht, ist vielmehr vorteilhaft, lässt alle Bilder bunter, schwereloser wirken, lässt die lauten Geräusche mehr ineinanderschwimmen, als tönten sie harmonisch auseinander hervor und zueinander hin.

Auf diese Weise treiben wir weiter. Und endlich laufen wir auf Grund und bleiben hängen: vor uns der Eingang zu einer Diskothek. Warum auch nicht, so viele laufen diese Strände an, als grüße sie Hawaii, als erwarte sie etwas hinter den oftmals unscheinbaren Eingangsfronten wie unter narbiger, holzig-kratziger Schale die Köstlichkeit der Ananas.

Auch der Zugang zu dieser Diskothek ist unscheinbar, wenn nicht schäbig zu nennen; er liegt in einer wenig breiten Hofeinfahrt. Vor der Einfahrt stehen einige Leute herum oder lehnen an der Mauer, junge Männer, junge Frauen, rauchen, unterhalten sich, zu zweit, zu mehreren. Manche sind allein, vielleicht warten sie auf jemanden, auf den Freund, die Freundin, oder auf irgendwen, der zu ihnen träte und ihrem Warten unverhofft ein Ende machte. An der Eingangstür sitzt der Kontrolletti auf einem Barhocker, mustert die Herankommenden mit wichtiger Miene und grüßt ab und zu welche, die er anscheinend kennt. Andere grüßen eifrig ihn als erste, tun ganz kumpelhaft, klopfen ihm auf die Schulter, sagen »Tag, halloh, wie geht's?« und verschwinden nach drinnen. Ein paar Mädchen werden zur Begrüßung sogar von ihm umarmt, oder sie umarmen ihn, das ist nicht immer zu unterscheiden. Küsschen links, Küsschen rechts, ein Ciao und Lachen, mag sein, auch noch ein lässiges Winken, dann vorbei und hinein.

Um den Türwärter hat sich ein kleiner Pulk von Burschen versammelt, die es wenig eilig haben einzutreten, im weiteren Sinne Angehörige der Spezi-Spezies, die Abend für Abend, mindestens aber mehrmals in der Woche kommen; nicht auszuschließen ist, dass ein paar darunter sind, die auch außerhalb der Diskozeit mit ihm zusammentreffen. Sie reden in kraftvoll bedeutsamer oder in ganz cool wirkender Art und betrachten gleich ihm die Ankömmlinge; und nicht wenige scheinen sich dabei als Hilfssheriffs zu fühlen. Soweit wir aber sehen, wird bisher niemand zurückgewiesen. Was hält uns daher – treten wir ein.

Wir gelangen in einen Vorraum, mit einemmal ist die Musik viel lauter, gleichsam körperlich, man spürt die Bass- und Trommelschläge bereits im Bauch. Sehr klein ist der Raum, sofort führen einige Stufen hinauf zu einem offenen Durchgang. Ein unbestimmtes Flackern von Schatten und Lichtern dringt heraus, dann sind wir oben und gelangen jetzt erst richtig in die Diskothek; die Musik schlägt zu. Wir befinden uns auf einer ebenen Rampe, rechts neben uns ist eine Theke aufgebaut, nach links reihen sich Sitzplätze. Ein paar Schritte nach vorn, und eine andere Treppe, länger als die zuvor, führt wieder abwärts. Zu beiden Seiten schließen sich an sie weitere Rampen an, selbst untereinander nach Art von Stufen gestaffelt, mit Sitzplätzen bestückt und jeweils, wie die oberste, von einer Brüstung abgeschlossen. Unten erkennen wir eine zweite Theke, die größer ist als die oben, in unregelmäßigen Kurvenlinien verläuft und um die man ringsherum sitzen kann. Seitlich von ihr gibt es auch da eine größere Anzahl Sitzplätze mit Tischen; genauso ihr gegenüber, jedoch in größerer Entfernung und nur als einfache Tischreihe in einem schmalen Streifen die Wand entlang, bis hin zur untersten Rampenbrüstung rechts von der Treppe. Zwischen diesen Plätzen und der Theke breitet sich die Tanzfläche; von oben, wo wir immer noch stehen, können wir sie überblicken.

Doch was ist das? Die Tanzfläche ist leer, niemand tanzt. Wer sich nicht an der Bar aufhält oder an einem der Tische sitzt, steht trotzdem nur um sie herum und schaut auf ihre Leere. Ist es noch zu früh zum Tanzen? Warum sollte es das sein?, immerhin ist es bereits bald zehn Uhr. Ziemlich viele auch sind es, die den Ring um sie bilden, und die Musik macht keine Pause, in voller Stärke spielt sie, ist ein Stück zu Ende, beginnt ohne Unterbrechung, noch in die letzten Töne des vorigen hinein, ein neues. Was aber ist los? Bunte Lichter huschen über den Boden, zucken auf und verlöschen im Rhythmus, teilweise werden von ihnen die Schatten der Umstehenden auf den Boden geworfen, zuckend, springend wie das Licht. Niemand aber tanzt wirklich. Alle stehen da und schauen in die flackernde Leere, manch einer starrt, als werde ihm dort eine unverständliche Wahrheit offenbart.

Endlich fängt erneut ein Stück an, und plötzlich, wie auf Verabredung, sind die meisten, die eben noch standen, auf der Tanzfläche; selbst wer der Steifste, der Erstarrteste gewesen war, ist jetzt den Rhythmen hingegeben, jeder Schlag ist ein Schlag durch den Körper, reißt Beine, Arme, Schultern auf und nieder; wie die Töne hüpfen und rollen, springen, drehen sich die Tänzer. Für sie zählt nichts mehr im Moment, als das, was sie mit sich reißt, sie fort von allem anderen reißt und ohne sperrige Reste ganz und gar in das Drehen, Zucken und Springen hinein, sodass sie nichts andres mehr sind, als einzig allein und ohne Bruch das Tanzen; dass sie dort überhaupt erst völlig *sind*. Wieder ein neues Stück – kaum beginnt es, bricht ein vielstimmiger Jubelschrei los, und etliche, die zuvor noch nicht auf der wogenden Fläche waren, springen bei den ersten Tönen von ihren Plätzen, sind nun begeistert mit dabei.

Dann der Refrain: »Oh, it's life, we all feel it now …« – hingerissen singen ihn alle mit: »Oh, it's life …«, was meint es denn anderes als: Dance is life – das ist Leben pur, geballtes Wirken der Lebenskraft in jedem einzelnen, und doch nicht mehr bloß die immer irgendwie beschränkte, zerstreute Kraft eines vereinzelten Individuums, sondern Urkraft ist es, die Energie, aus der die *ganze* Welt besteht, aus der sie entstand und immer neu entsteht; welche die gesamte Welt durchdringt, das Weltenall; die das Sein schlechthin ist, Quelle, Zusammenhalt und Einheit von allem, das Zentrum des Lebens, das in allem und *in* dem alles ist, die innerste Nabe des wirbelnden Weltenrads, ohne die keine Bewegung, nichts an Leben wäre, die darum alles ist, und die selbst doch ruht, ohne den leisesten Hauch, die große Leere und Stille, der Samen aller Fülle, das lautlos erste Wort, das Auge des Zyklon.

»Oh, it's life …« – aneinander reiht sich der Refrain zum Finale: Dance is life in den Köpfen und Körpern der Tänzer: »Oh, it's life « – immer aufs neue wiederholen sich die Takte: »Oh, it's life « – fast alle singen mit, und Arme recken sich in die Höhe, Fäuste skandieren den Rhythmus in die Luft, ein einziges Wogen von Leibern und drüberhin und mittendurch springenden Lichtern, die alles mit ihrem Farbenspiel verfremden, kaum weiß man, welche Teile wohin gehören.

Dann wird die Musik leiser, will ausklingen. Aber die Tänzer singen in voller Lautstärke weiter. Hier haben sie ganz den Ausdruck ihres Lebensgefühls gefunden, hier hat dies Gefühl selbst seine wahre Form gefunden, sie wollen sie sich erhalten, so lange wie möglich. Also singen sie weiter, umso lauter, je leiser die Musik wird. Und der DJ erhöht ihr Rufen: Als habe er es vorbereitet, als sei es ein allabendliches Ritual, tönt aus der verklingenden Refrain-Folge das Finale mit frischer Kraft ein weitres Mal hervor: »Oh, it's life …« – und wieder, wie zu Anfang, bricht Jubel aus, ekstatisches Stampfen und Wirbeln, Tanzen tief in das Brausen hinein, durch das Brausen hindurch: Dance is life … nichts andres, nur das.

Zuletzt fängt doch ein neues Stück an, und jetzt lassen sie es ohne Widerspruch zu. Ein einziges Stück kann schließlich nicht ewig fort und fort spielen, Tanz ist Bewegung, und erklänge nur noch dasselbe, wäre das bald wie Stillstand. Nicht die Stille innerer Ruhe, wenn im Rausch der Bewegung die Teile ineinanderfließen und gleichsam stillstehn, als ein Ring, in dessen Mitte man sich ruhend dann befindet, und die irgendwo auch innen in den Tänzen liegen muss – sondern es wäre die Stille der Langeweile, der Öde, die der Verkrampfung, des Erstarrens. Eines außerdem bleibt trotz noch so vieler verschiedener Musikstücke sich immer gleich: das Tanzen selbst. Dass *es* immerzu bleibt, ist wie ein Vorgefühl jenes innersten Zentrums der Ruhe, zu dem es hinführen soll, das alle zu finden suchen.

Dieses Mädchen zum Beispiel: Das Tanzen der übrigen, ihr eigenes Tanzen – sie kreist es richtiggehend ein, sie hüpft nach der Musik außen um die Tanzfläche herum, unermüdlich, als wolle sie verhindern, dass der innere Sinn der Tänze ihr entkomme; als wolle sie ihn durch diese Figur – deren Kreislinie sie wie ein Zirkel zugleich beschreibt und vom Mittelpunkt aus ansetzt – beschwören, er möge in ihr wirksam werden. Ihre Haare wehen, sie lächelt; ist es ihr schon gelungen? Und den anderen? Immer weiter tost die Musik, die Theke unten, an der wir inzwischen sitzen, vibriert.

II

Sie lächelte. Aber das Lächeln wandelte sich in die Grimasse der Erschöpfung, wenn statt einer Freude die Anstrengung die Lippen von den Zähnen zieht; wenn aus der schmelzendweiß blinkenden Fröhlichkeit zähnefletschende Verbissenheit wird. Ihr Hüpfen, herum und herum, ist es jetzt nicht, weil *sie* eingekreist ist und nicht hinausfindet? Wovon eingekreist? Von Schattengestalten, die blitzende Messer und sausende Keulen schwingen, die nach ihr schlagen und stoßen, sie zerstampfen, zerstückeln wollen, sie klein und nichtig machen wollen. Vor denen sich zu retten, rannte sie hierher, in den Tempel der Tanzmagie, wie ihr verlockend verheißen wurde. Dorthin flüchtete sie, um nicht noch mehr Teile von sich verlieren zu müssen; um die zerschlagenen zu heilen und um die schon verlorenen neu zu finden. Denn in der Welt geht nichts verloren, heißt es, verwandelt lebt alles an anderer Stelle immer fort, und an der Quelle des Lebens erlangt man alles wieder, durch ein Bad in ihren Tiefen heilt jede Wunde, wird man wieder eins.

Wie aber? Verfehlte sie den Quell, lief sie in eine Falle, die nahebei errichtet war, vielversprechend, sinnetäuschend? Verführerisch lockte der Ruf: Ich bin der Quell, das Labsal, für all die schwarzen Wunden das funkelnde Licht. Und sie lief hin und lief in die Messer und unter die Hämmer, vor denen sie geflohen war ? Zuerst erkannte sie es gar nicht, das nahm sie glitzernd und wiegend auf, wie versprochen. Sie gab sich hin. Jetzt ist es zu spät, je mehr sie den blitzenden, bebenden Schlägen und Stößen springend, zuckend auszuweichen versucht, um so mehr wird sie getroffen, niedergeschlagen, zerstückt.

Sie rennt und hüpft nicht mehr im Kreis. Wie die übrigen hält sie sich nur noch mehr oder weniger auf einem Fleck aufrecht, die Schärfen der Schläge fahren auf sie herab, durch sie hindurch, ihr Körper bäumt sich auf und nieder, windet sich, die Arme, die Beine reißt es vor und zurück, der Kopf, mal in den Nacken, mal auf die Brust gedrückt, wird hin und her geschüttelt. So tanzt sie nun, ähnlich wie all die andern; und schießt manchmal Stroboskoplicht in die Menge, sieht man die Bewegungen der Tänzer Stück für Stück, wie abgehackt, in grotesken Verrenkungen erstarrt.

Das ist bloß Täuschung, das wissen wir. Doch warum erscheint sie? – hier, wo ineinanderfließende Bewegung, sich zusammenfügende, Einheit schaffende Bewegung gesucht wird. Warum dieses falsche Ruhen der Bewegung?, das nicht aus ihr, als ihre Gesamtheit, sich herleitet, das nichts Rundes an sich hat; das stattdessen ein Zerhacken der Bewegung ist, aus dem nichts

Ganzes entstehen kann, das ein Splitter-, ein Scherbenbild vor Augen führt. Stroboskoplicht, es ist, als ob es hier in Zeitlupe sichtbar machte, was immerzu in den zuckenden Tänzern geschieht. Wie stellt sich das auch schon bei normalem Licht dar, wenn wir von unserem Platz aus es betrachten, ob von unten, ob von oben auf einer der Rampen. Bereits das »normale Licht«: ein Flackern ist es, ein Blitzen, ein An und Aus, dass Schatten- und Strahlenkeile ineinanderschießen, in schrillbuntem Drunterunddrüber, blau rot gelb und weiß und grün, an-aus-an, Keil-in-Keil und pausenlos so weiter und immer zu den Rhythmen, zu den gellend scharfen und dröhnenden Tönen, häufig bis zur Schmerzgrenze laut, und die Lichter- und Schattenblitze fahren als sichtbarer Ton- und Rhythmusschlag über die Tanzfläche hin, in die Tänzer hinein und treiben ihre Klingen, treiben ihre Keile durch und zwischen sie, die Formen zerspringen dem Auge, die Töne, die Geräusche den Ohren in tausend Teile.

Und im Bannfeld dieser Zerstückelung tanzt beinahe jeder mit sich allein. Selbst wenn irgendwelche *mit*einander hier sind, auf der Tanzfläche tanzen sie meist alle für sich, ob sie auch Freund und Freundin und verliebt sein mögen. Um sich allein nur drehen und winden sie ihre Figuren, spinnen sich ein. Nicht *um*einander, nicht *für*einander, oft nicht einmal *vor*einander tanzen sie, kaum eine Berührung, kaum ein Blick, und wenn zwei an ihren Platz zurückkehren, wundert man sich, dass sie doch zusammengehören sollen.

Allein das Tanzen zählt; aber längst nicht jede Art. Gerade eben hat sich der DJ zu Wort gemeldet: »So, ihr Leute, aufgepasst. Stimmungswechsel. Stellt euch vor, ihr wärt in Wien und alle *Maderln* hätten weiße Rauschekleider an, auf geht's Buam« – Die ersten Töne erklangen leise. »Na? Kennt ihr das?« rief er wie ein Marktschreier. »Das ist keine Sachertorte – los, auf geht's, humtata, humtata ...« – Ein Wiener Walzer wird gespielt, und wenige nur noch tanzen. Von ihnen zudem nur einige zu zweit Arm in Arm nach Walzerart; und von diesen wiederum zweimal je zwei Mädchen miteinander. Bleiben drei Buam-Maderln-Paare übrig, der Rest, sieben, acht Leute, bewegt sich nicht viel anders als bei der Musik zuvor. Ein Junge ist darunter, der sich andauernd um die eigene Achse dreht, linksherum, rechtsherum, eine Runde, mehrere Runden, manchmal nur eine halbe Drehung, dann wieder zurück und weiterdrehen in die andere Richtung, die Arme angewinkelt eng am Körper. Nicht nur jetzt beim Walzer, den ganzen Abend macht er das so.

Die meisten, während der Walzer spielt, stehen indessen um die Tanzfläche herum und warten, dass er vorbeigehe.

Endlich ist er vorüber, und sie strömen zurück, das Licht- und Tongewitter bricht neuerlich los, und alle tanzen wie gehabt: fast jeder und jede für sich, ob sie nun sowieso allein sind oder nicht. Manche allerdings tanzen überhaupt nie, drücken sich nur in der Nähe der Tanzfläche herum und schauen zu. Solche sind allein hergekommen, und jetzt warten sie darauf, dass jemand sie zum Tanz bitte, oder sie würden gern selber bitten und finden keinen Mut. Allein tanzen aber möchten sie offensichtlich nicht, obwohl es kaum einen Unterschied machen würde. Irgendwelche Gründe halten sie trotzdem davon ab, und so stehen sie da und schauen und schauen, und wenn sie später gehen, haben sie nichts getan als das.

Wahrscheinlich wird die Nacht für die junge Frau dort vorn auf diese Weise enden. Seit wir hergekommen sind und uns umschauen, vor gut zwei Stunden, lehnt sie bereits an dem Ablagepodest bei der Tanzfläche. Sie stand dort bestimmt schon einige Zeit, bevor wir kamen, denn ihre steif aufgestützte Haltung machte, als wir sie bemerkten, nicht den Eindruck, als sei sie erst Minuten hier. Niemand hat sie in den zwei Stunden beachtet – das heißt, bemerkt *wurde* sie möglicherweise von diesem und jenem, so wie wir sie bemerkten, keiner aber hat sie auch nur um Feuer gebeten. Fast will uns scheinen, dass nicht einmal mehr das Bedienungspersonal, das sich, Tabletts über den Köpfen balancierend, durch die Menge schlängelt, sich um sie gekümmert habe, und ihre Cola, dreiviertel leer, sei immer noch dieselbe wie zu Anfang. Zuzeiten wendet sie halb den Kopf nach der einen und anderen Seite; wenn ihr kurzer suchender Blick in unsere Richtung huscht, erkennen wir, unter der bunten Schminke, müde Augen, und das wie von ihr inzwischen vergessene Lächeln trägt immer unverborgener einen Zug von Trauer in sich. Mit den Fingern klopft sie fahrig nach der Musik auf das Glas.

Auch dem jungen Mann, der ein paar Meter von ihr entfernt steht, wird es voraussichtlich entsprechend ergehen. Er kam kurz nachdem wir Platz genommen hatten, seither steht er wie sie, mit der kleinen Variante, dass er sich an eine Säule gelehnt hat, die bald, so fürchtet man, unter seinem Gewicht brechen muss. Er hält einen Bierglaskrug in der Hand, den dritten mittlerweile, wenn wir richtig gezählt haben, und sein Blick – wir sehen schräg von vorn zu ihm hin – ist mehr und mehr zu einem leeren Starren geworden. Wären nicht andere Personen dazwischen, könnten die beiden, ohne lang den Kopf drehen zu müssen, einander sehen.

Noch einige weitere Beobachtungen wollen wir anführen, die wir von oben machten, und die von jenen dort unten bisher überlagert wurden. Wir brauchen ja nicht umständlich, indem wir uns durch das Gedränge schieben, den Ort zu wechseln, wir sind jederzeit überall. Und so schauten wir – und sehen es jetzt – auf die Tanzfläche hinab, wie die Tänzer auf sie strömen, wie die Menge sich von ihr wieder verliert, als der Walzer erklingt, wie sie danach zurückflutet, wie das brodelt, wogt und schwappt, hin und her, auf und nieder, wie eine dicke blubbernde Suppe. Viele sind darunter, die die ganze Zeit tanzen, mit keiner kleinsten

Pause. Mancher von ihnen konzentriert die ganze Aufmerksamkeit in ein paar einstudierte Tanzfiguren, ohne Unterlass sie wiederholend, wie eine Art Rosenkranzgebet für die blitzenden Götter dieses Tempels.

Ein junger Mann etwas, der eine schwarze Sonnenbrille trägt, baut in ruckhaften Bewegungen mit Händen und Armen imaginäre Treppen- oder Kastengebilde in die Luft, die er dann wieder zurücknimmt, um gleich darauf erneut sie übereinanderzusetzen. Dazu ruckt er ebenfalls die Beine in steigähnlichen Bewegungen, und hört nicht auf.

Andere, Mann oder Frau, verharren auf den ersten Blick beinahe reglos: Die Hände in den Hosentaschen oder um ein Glas, das sie vor der Brust halten, heben sie gerade ein bisschen, links, rechts, links, die Füße, so als müssten sie dringend auf die Toilette, oder wippen auch nur leicht in den Knien, und eine spöttische Miene tragen sie zur Schau, als ginge sie das alles gar nichts an, als läge da Geschehen um sie herum tief unter ihrer Würde. Trotzdem verharren sie, trotzdem bleiben sie.

Bei wieder anderen scheinen schneidende Schmerzen durch die Körper zu jagen, ihr Tanz gleicht konvulsivischem Zucken und Stampfen. Der Unterschied zwischen diesen und den vorigen ist lediglich ein vordergründiger, ein Fassadenbau, hinter dem der gleiche Dämon wirkt und seine Messer wetzt.

Und wie sieht es auf den Rampen und an ihren Tischen, die wir überblicken, aus? Alle Plätze sind belegt. Falls an irgendwelchen gerade niemand sitzt, sind sie beim Tanzen unten: Gläser stehen auf der Tischplatte, Jacken liegen auf den Sitzen. An diesem und jenem Platz auch bleibt immer jemand zurück und passt auf die Sachen auf. Wir fragen uns: Ist es tatsächlich wegen der Bewachung? Oft bleiben zum Beispiel an einem Tisch die Jungen zurück, während die Mädchen – ihre Freundinnen? – zusammen tanzen gehen.

52

Oder das Mädchen, das direkt unter uns sitzt. Sie ist mit einer Clique aus Jungs und anderen Mädchen gekommen, und nun bleibt sie jedesmal am Platz weil sie überzählig ist, alleine nicht tanzen will, aber von den Jungs keiner mit *ihr* einmal tanzen geht. Vermutlich gehören die sechs übrigen sowieso zwei und zwei zusammen, und einzig weil ihre Freundin sie aufgefordert hatte, ging sie mit. »Ach komm, bleib doch nicht daheim hocken«, sagte die, »in der Disco wirst du schon einen Kerl finden. Und wenn nicht, tanzt eben meiner mal mit dir oder einer von den andern beiden. Wir kennen uns schließlich alle gut genug.«

Jetzt bleibt ihr nichts, als auszuharren. Sie könnte zwar gehen, doch vielleicht ist man mit dem Auto da, und sie kommt anders nicht nach Hause. Das wissen wir nicht; sie jedenfalls sitzt an ihrem Platz, wartet und schaut nur meist in ihr Glas, das sie in den Fingern dreht. Selbst wenn die anderen bei ihr sind, wirkt sie zur Seite geschoben und sagt nicht viel, gilt selten ihr ein Wort.

Als unten an der Tanzfläche der junge Mann und die junge Frau – ohne voneinander zu wissen, jeder für sich – ihren Standort verlassen, bricht zur gleichen Zeit auch die Gruppe über ihnen auf. Einige weitere gehen jetzt, es ist kurz nach zwölf. Was machen *wir*? Hält *uns* hier noch etwas? Wir sind unschlüssig. Neben uns an der Bar, wo wir uns doch nochmals niederlassen, sitzt, schwer aufgestützt, ein dicklicher Mann und stiert mit trüben, roten Augen vor sich hin, die Hände um ein Bierglas geschlossen. »Nichts los heute? Dein letzter Wille nur Promille, ey?« hören wir einen noch unternehmungslustigen Neuankömmling zu ihm sagen. – »Hä?« macht er und dreht, mit schlaff halboffenem Mund, langsam den Kopf. »Heute, wieso? Ist so wie sonst.« Er rülpst und sinkt in die alte Stellung zurück, lallt leise das Stück, das eben läuft, mit: »Come, we dance all night, till the morning light. Then we sleep and in dream we will keep – still on dancing, dancing … « – Nein, uns hält nichts mehr.

III

Während wir und andere die Diskothek verlassen, steht draußen vor dem Eingang eine lange Schlange von Wartenden, die alle noch hineinwollen. Viel mehr Leute sind es, als zu der Zeit, als wir kamen. Der Kontrolletti ist jetzt ganz in seinem Element, ist ganz Türsteher jetzt, hat sich breitbeinig aufgepflanzt und lässt nur noch in Abständen einzelne passieren. Einer vorn in der Schlange, die Freundin im Arm, fragt ihn, wann er *sie* endlich einlasse. Denn ziemlich lang schon dürfen immer wieder welche, die von der Seite sich herdrücken, hinein, jedoch niemand von vorn aus der Reihe. »Geduld, Junge«, antwortet er, »innen ist's zu voll, da müssen immer erst ein paar heraus. Und wenn dann Platz genug ist« – er macht eine Kunstpause – »kommen zunächst mal die Leute dran, die ich kenne, alles klar? Wem das nicht passt, wartet noch länger.« Er hebt den Kopf, wendet sich nach rechts: »Ah, hi, hallo. Wie viel seid ihr – drei? Also rein.« Er gibt dem vorderen einen kameradschaftlichen Schlag auf die Schulter: »Die, äh … , die Dings heute nicht dabei? Na, sag ihr einen Gruß …«

Gehen wir weiter. Wohin? Der Kopf ist noch so durchdröhnt, suchen wir einen stilleren Ort und trinken noch eine Kleinigkeit, etwas, das die Schläge und Schärfen weicher macht, das die Sprünge mit seinem Fließen füllt. Benommen dahintreibend, landen wir in einer Nachtbar. Die Musik ist im Großen und Ganzen dieselbe, bloß ein wenig leiser, und man tanzt hier nicht; zumindest in andrer Weise. Der Raum, von rötlichem

Licht beschienen, ist nicht sehr groß. Drei Männer sitzen an der Theke, einer mit einer Frau neben sich. »Darf ich Ihnen und mir noch was bestellen?« fragt sie – sie gehört zum Personal; wie sie sich mit dem Mann unterhält, ist geschäftsmäßige Anteilnahme.

Entlang der Wand gegenüber der Theke zieht sich, in leicht konkavem Bogen, eine Couch mit vier Tischchen davor. Drei Paare sitzen dort, vor ihnen steht je ein Kübel mit einer Sekt-flasche darin. Zwei der Frauen liegen angeschmiegt den Män-nern im Arm; einer von ihnen, in Anzug mit Weste, die jetzt auf-geknöpft ist, streichelt hingebungsvoll die nackten Schenkel der Frau neben ihm. »Was für weiche Haut du hast, weißt du das?« murmelt er. »Stundenlang könnt ich sie streicheln.« – Er stiert auf seine Hand, die sich langsam nach oben tastet, dem Saum des kurzen Rockes zu. »Ja, findest du?« sagt die Frau und schaut auf die Hand. Dann richtet sie sich mit einem Ruck auf, greift die Flasche aus dem Kübel und schenkt den Rest in das Glas des Mannes. »Trinken wir noch eine Flasche?« fragt sie ihn. – »Mit dir trink ich alles«, antwortet er in schwärmerischem Ton. – Sie lächelt wie angeknipst und steht auf.

Das zweite Paar unterhält sich flüsternd, ihr Kopf lehnt auf seiner Schulter, das Gesicht halb ihm zugedreht. Dies interessiert ihn wenig, er blickt die meiste Zeit in ihr Dekolleté; sein linker Arm, um ihren Hals gelegt, hängt lose herab, unermüdlich be-wegt er die Finger über ihre sich anwölbende Brust hin und her. Und immer einmal wieder schiebt sie seine Hand dort sacht nach oben zurück.

Die zwei, die das dritte Paar bilden, sitzen in einem Abstand voneinander, sie seitlich ihm zugewandt, einen Ellbogen auf der Rückenlehne, den Kopf gegen die Hand gestützt und mit über-geschlagenen Beinen. Er sitzt breitbeinig auf seinem Platz, schwer mit dem ganzen Rücken angelehnt, und die meiste Zeit, da er redet, starrt er auf sein Glas, das er mit beiden Händen zwischen den Beinen hält. »Es tut richtig gut, sich mit dir zu unterhalten«, sagt er gerade und schaut mit unsicherem Lächeln zu ihr. – Darauf strahlt sie zurück, nimmt die Sektflasche und schenkt ihm ein. »Oh, schon leer. Mir scheint, der schmeckt dir«, sagt sie lachend. Dann fragt auch sie: »Trinken wir noch eine?«

Ein neuer Gast tritt ein, genau in dem Moment, als einer der beiden einzelnen Männer an der Theke im Begriff ist zu gehen. Im Aufstehn schmatzt er der Bedienung dort einen Kuss durch die Luft zu, sie lacht stoßartig auf: »Ahaha«. – Der neue Gast – kennen wir ihn nicht? Ist es nicht der junge Mann, der so lange in der Diskothek an der Tanzfläche stand? Ja, er ist's; und prüfend blickt er sich um. Einen Moment hat es den Anschein, als wolle er wieder umkehren, schließlich setzt er sich doch an die Theke. Rechts von ihm, zwei Plätze entfernt, sitzen der Mann und die Frau. Kaum etwas ist von ihrer Unterhaltung zu hören, nur bisweilen lacht die Frau grell und heftig, wie gepresst wirkend, kurz heraus. Links von ihm sitzt der zweite Mann, stumm vor seinem Glas.

Die Bedienung kommt heran, fragt, was er möchte. Er bestellt sich ein Bier, das billigste Getränk hier. Als es vor ihm steht, sitzt er auch wie der andere. Ab und zu spickt er zu der Bedienung hin, die vor ihm am Flaschenregal lehnt, den linken Arm hinter den Rücken geschoben, in der rechten Hand, Unterarm gegen den Oberarm angewinkelt, eine Zigarette haltend. Meist schaut sie zu Boden, zuweilen indes schickt sie von unten her einen raschen Blick in Richtung des jungen Mannes, und wenn ihre Augen sich begegnen, lächelt sie.

Als sein Glas leer ist, tritt sie wieder vor ihn hin. »Noch ein Bier?« fragt sie. – »Ja«, sagt er und nickt wichtig. – Sie geht in einen Nebenraum, Stimmen dringen schwach heraus, er sieht ihr nach, und als sie mit der neuen Flasche herauskommt, treffen sich erneut ihre Blicke, sie lächelt, er auch. Sie schenkt ein, dann fragt sie: »Darf ich mich ein bisschen zu dir setzen?« und streichelt über seine daliegende Hand. – »Gern«, antwortet er. – Sie kommt um die Theke herum, nimmt auf dem Hocker neben ihm Platz. Ein Weilchen geht etwas stockend die Unterhaltung, sie fragt nach seinem Namen, er fragt nach ihrem, sie danach, ob er das erste Mal hier sei, was für einen Beruf er habe, woher er komme. Und er möchte wissen, woher *sie* denn sei, wie lange sie hier schon arbeite. Da fragt sie nicht mehr weiter nach ihm, sondern erzählt, wie und wann sie hierhergekommen sei, was sie davor gemacht habe, dass sie einen richtigen, ganz anderen Beruf erlernt, aber lange keine Stelle gefunden habe. Auch hier in dieser Stadt nicht, wo sie zu Anfang gedacht, größere Chancen zu besitzen.

Unvermittelt bricht sie die Erzählung ab und fragt: »Willst du mir etwas zu trinken bestellen? Einen Piccolo vielleicht, zum Anstoßen?« – Sie blickt ihn mit ganz zärtlichem Ausdruck an, fast möchte man meinen, eine Scheu darin zu entdecken. Er zögert mit der Antwort, trinkt zuvor einen großen Schluck. »Was würde mich das denn kosten?« erkundigt er sich jetzt. – Sie nennt den Preis. Er seufzt auf: »Tjah, ich fürchte, das kann ich mir nicht leisten. So viel Geld habe ich gar nicht mehr dabei.« – »Nein? Wie viel hast du denn noch?« – Oh, das würde mir grade noch für ein Bier reichen. Kann ich Sie nicht zu etwas Billigerem einladen? – »Leider geht das nicht«, erklärt sie bedauernd. »Dann trink lieber noch das eine Bier für mich, ja?« Wieder streichelt sie ihm über die Hand. »Und sag doch Du zu mir«, fügt sie leise hinzu.

Da erscheint ein neuer Gast, ein gutsituierter, mittelalterlicher Herr. Forsch und zielstrebig betritt er die Bar und setzt sich auf den freien Hocker neben ihr.

»Entschuldige«, sagt sie zu dem jungen Mann, steht auf, geht zurück hinter die Theke und fragt den Neuankömmling, was er trinken wolle. Er bestellt einen doppelten Whisky. »Schöne Beine haben Sie«, sagt er, während sie aus dem Regal die Flasche holt, wozu sie sich strecken muss. – »Danke«, sagt sie und lacht kurz auf. – Während sie einschenkt, macht er nochmals das Kompliment: »Doch, wirklich schöne Beine.« – Sie stellt das Glas vor ihn hin und lächelt. »Ja? Gefallen sie Ihnen?« – »Sehr«, antwortet er nachdrücklich und prostet ihr zu. Dann, nachdem er getrunken hat: »Wissen Sie, ich schwärme für schöne Frauenbeine, und Ihre – aber darf ich Ihnen etwas bestellen? Trinken Sie etwas mit mir, haben Sie Zeit?« Er reckt den Kopf, leicht seitwärts geneigt, ihr entgegen, zwinkert ihr zu. – »Gerne«, antwortet sie. »Geben Sie mir einen Piccolo aus? Oder darf ich eine ganze Flasche Sekt holen?« – »Erst einmal einen Piccolo«, entscheidet er prompt, »zum ersten Anstoßen und Kennenlernen. Nachher, wenn ich mit meinem Whisky fertig bin, die große Flasche – wenn wir uns verstehen aber Sie sind ja so charmant, da sehe ich keine Gefahr. Machen wir's so?« – Er hat ihre Hand, die auf der Theke lag, erfasst und streichelt mit dem Daumen die Kuhle zwischen ihrem Daumen und Zeigefinger. »Gut«, antwortet sie und holt den Piccolo im Nebenraum.

Als sie wieder auftaucht, blickt sie noch einmal zu dem jungen Mann, lächelt diesmal nicht und zuckt kaum sichtbar mit den Schultern. Der hebt seine linke Hand von der Theke auf, lässt sie niederklappen: Schade, Pech für mich, mag die Geste bedeuten, und er sagt: »Ein Bier noch, bitte.« – Sie wendet sich an den älteren: »Einen Moment«, stellt das Piccofläschchen ab und geht das Bier holen. Kurz darauf schenkt sie es ein und schaut dem jungen Mann in die Augen. Er nimmt das volle Glas von ihr entgegen, grüßt sie damit. »Das ist das Bier für dich«, sagt er. – Ein halbes Lächeln huscht über ihr Gesicht, und sie streichelt, flüchtig, ein drittes Mal über seine Hand. Dann wendet sie sich ab, dem spendablen Herrn zu.

»Auch ein Verehrer von Ihnen?« fragt er gutgelaunt, mit dem Kopf hinüberweisend. »Dem fehlt wohl das nötige Kleingeld, wie? Ein Glück für mich, ha.« – »Jaja«, macht sie und schraubt den Piccolo auf.

Schnell sind die zwei bei der großen Flasche angelangt, und die Frau sitzt nun auf dem Hocker neben ihm, dort wo sie vor kurzem bereits, zur anderen Seite hin, gesessen hatte. Er hat den Arm um ihre Hüfte gelegt, sie nah an sich herangezogen. Nach nicht allzu langer Zeit sagt sie zu ihm: »Die Flasche ist bald leer. Darf ich schon eine neue reservieren, wie wär's?« – »Immer doch, mein Mädchen«, erwidert er und presst mit der Hand ihr Hinterteil. – »Wir haben hier auch Séparées«, spricht sie weiter, »wenn Sie wollen, können wir uns nachher in eins zurückziehen.« – »Tatsächlich?« Seine Augen werden groß, er nähert sein Gesicht dem ihren. »Können wir das nicht sofort tun?« fragt er vertraulich. »Und nehmen beides, den Rest der alten und die neue Flasche mit?« – »Sicher geht das. Sollen wir?« – »Keine Frage. Geh voran, ich folge dir.«

Wenig später sind sie verschwunden. Der junge Mann hat die ganze Zeit dagesessen, langsam sein Bier getrunken und ein paarmal verstohlen zu den beiden hingespäht. Mittlerweile ist er außer uns – doch sieht uns keiner, wir sind, wir erwähnte es, überall und sind auch unsichtbar; was wir hier anführen, ist nichts als eine kleine, zufällige Auswahl dessen, was wir auf diese Weise alles sehen – mittlerweile also ist er der einzige an der Theke, auch auf der Couch sitzen nur noch zwei Paare. Die dicken Vorhänge der Séparées sind sämtlich zugezogen. Der junge Mann nimmt einen letzten Schluck und will gehen. Er schaut sich um, und ehe er lang überlegen muss, bei wem er bezahlen soll, kommt aus dem Nebenraum ein Mann, der bereits hin und wieder aufgetaucht war, vermutlich der Chef, der Geschäftsführer der Bar.

»Zahlen?« fragt er knapp. – Der junge Mann gibt sein letztes

Geld aus, und endlich erhebt er sich und geht, mit unsicheren Schritten, hinaus. Mit ihm brechen auch wir auf, gehen zurück nach Hause.

Auf den Straßen innen in der Stadt sind längst nicht mehr so viele Leute unterwegs wie zu Anfang; die ganze Atmosphäre wirkt verbraucht. Schwankende Gestalten sieht man öfter, es ist gegen halb drei; Morgenkühle beginnt. In den Wohnstraßen schließlich, durch die wir wieder unserem Weg – doch nicht mehr bummelnd ihn dehnend – folgen, ist alles totenstill, kaum mehr ein Licht in einem Fenster, meist nur schwarze Löcher oder rollladengraue, blinde Flächen. Aber die Straßenbeleuchtung brennt und verbirgt den Augen die Sterne des Nachthimmels. Allein die Straße und die Häuserfassaden drängt sie ins kalte Licht, steinern und schäbig grüngrau. Durch den Kopf jagen ruhelos in Splittern, wie blitzende Sägezähne, Bilder dieser Nacht. Ein Sehnen durchzieht uns. Zieht wohin? Weit, so weit: in den Morgen.

BLUTBAD

Und das Blut schoss unten am Bein an der Wade heraus, ein waagrechter roter Springquell, und pulste weiter, weiter – verwundert schaute er darauf ...

Vor einiger Zeit hatte sich seitlich an der rechten Wade eine kleine bläuliche Erhebung gebildet, vielmehr: eines Tages im Sommer war sie ihm aufgefallen, und er hätte nicht sagen können, ob sie erst seit dieser Zeit oder schon eine ungewisse Frist vorher bestanden hatte. Damals hatte er sie mit dem Finger betastet. Sie fühlte sich fest und elastisch zugleich an, wobei der Eindruck der Elastizität vielleicht auch nur dadurch erweckt wurde, dass die Fingerkuppe nachgab. Diese Erhebung fühlte sich auf jeden Fall nicht hart an und war klein; er machte sich daher keine besonderen Gedanken. Hin und wieder betrachtete er sie, mit der Zeit schien sie ein wenig größer geworden zu sein. Manchmal betastete er sie auch wieder, wie zuvor fühlte sie sich für ihn glatt, straff und weich zugleich an. Meistens indes kümmerte er sich nicht darum. Er spürte ja auch nichts, die Beweglichkeit, die Belastbarkeit des Beins war in keiner Weise beeinträchtigt, Gehen, Stehen, Beugen und Strecken, alles funktionierte problemlos, kein Ziehen, kein Schmerz – irgendwann würde sich die kleine Erhebung wieder zurückbilden, er war sich sicher, wie ein Schnupfen kam und ging, oder wie etwa der Fuß ihm auf einmal an der Ferse weh getan hatte, was dann, nach Wochen, ebenso plötzlich vergangen war.

So lebte Armin Brückner dahin, trieb seine Angelegenheiten, die geschäftlichen, die persönlichen, gab seine Sprachkurse, versorgte sein Gartengrundstück, fuhr mit dem Rad ins Grüne oder ging auch schwimmen, saß manchen Abend in der Kneipe, traf sich mit Freunden, wachte und schlief, aß und verdaute, Wochen und Monate vergingen, ein Tag fast wie der andere. Und ein neuer Sommer war gekommen, die kleine Erhebung seitlich an der rechten Wade, genauer am Übergang vom Wadenmuskel zum Schienbein, schien inzwischen dunkler geworden zu sein und doch etwas deutlicher zugenommen zu haben, vermutlich weil es warm war, dachte er, und er überdeckte sie nun öfter mit einem Pflaster, vor allem, wenn er in der Freizeit dreiviertellange Hosen trug und die Stelle nicht vom Stoff abgedeckt wurde. Nicht dass er sich geniert hätte; diese bläuliche Erhebung war immer noch klein. Aber ein Pflaster schützte sie, beschattete sie und half womöglich, die Rückbildung zu fördern, so dachte er – und benutzte ein Pflaster, das ausdrücklich den Heilungsprozess unterstützen sollte.

Dann kam der Tag, als Armin nach langer Arbeit im heißen Garten müde und verschwitzt, aber zufrieden mit sich und der Welt heimkehrte und ins Bad ging, um zu duschen. Warum war ihm heute so wohl zumute? fragte er sich; Samstag war Samstag, und im Garten war es wie gewöhnlich gewesen – außer der eher zu großen Hitze. Und er hatte seit langem wieder einmal die großen Eidechsen gesehen, ein braunes und grünes Paar. Das hatte ihn sehr gefreut.

Jetzt saß er, schon ausgezogen, auf dem Wannenrand, fühlte eine gewisse Schwäche, nicht unangenehm, und schaute zu Boden. Die bläuliche Erhebung fiel ihm ins Auge. Ja, sie war dunkler geworden. Er tastete mit dem Zeigefinger danach und meinte, sie fühle sich etwas rau an, wie von Schorf überzogen. Vielleicht schien sie durch diese »Verunreinigung« dunkler ...? Unwillkürlich, wenn auch ganz sachte, kratzte Armin über die Stelle – und es sprang eine rote Fontäne waagrecht hervor, er spürte den Druck, der in diesem nach außen schießenden Blut-fluss lag, und spürte im Innern den Sog des Blutes zu der Öffnung hin, wo es herauspulste, von einer starken Pumpe getrieben, wei-ter und weiter. Zuerst war Armin mehr erstaunt als erschrocken und schaute, den Oberkörper nach vorn gebeugt dahockend, ein paar Sekunden dem Vorgang untätig zu. Dann dachte es in ihm, seltsam dumpf oder von ferne kommend: Ich muss ihn stoppen – die Badvorlage unter seinen Füßen war schon rot gefärbt – so rot schon, dachte er, und er sah sogar den hölzernen Badschrank da-neben rot verspritzt, und plötzlich war der Gedanke Alarm: Ich muss ihn stoppen! Womit? Handtuch, Lumpen, Binde ... alles nicht in Reichweite; er wollte aufstehen, der Sog im Innern, in dem von überall her das Blut nach unten zu der Öffnung am Bein und dort mit unvermindertem Druck nach außen drängte, nach außen pumpte, zog ihn, als er sich zu erheben versuchte, nach vorn, nach unten, er fiel vornüber, die Badvorlage rutschte weg oder wurde von heftiger Bewegung eines Beins weggestoßen, und er landete auf den blanken Fliesen, seitlich liegend, das Bein, dem der Blutstrom entquoll, nach unten. Rasch breitete sich von dort eine glänzend-rote Fläche aus, er fühlte sich benommen und kraftlos und spürte – und vermochte nichts dagegen zu tun –, wie es aus ihm herausfloss, das Blut, und mehr als das ...

Er meinte sich leerwerden zu fühlen, fühlte die Ohnmacht, war sich ihrer bewusst, nahm sich wahr, wie er auf die Seite gedreht auf den Fliesen lag, den rechten Arm lang unter sich hervorgestreckt, der linke lose bauchwärts herabhängend, linkes Bein angewinkelt und darunter ausgestreckt das rechte, in etwas Feuchtem liegend, einer glitschigen, warmen weichen Masse; seine Augen, zunächst nach dem Sturz auf die Waschmaschine ge-richtet, vielmehr auf den Spalt zwischen ihr und dem Badboden, lenkten mit Anstrengung den Blick dem feucht-warmen Etwas zu – das Blut, sein Blut, das sich von unter dem Bein, seinem

Bein, ausbreitete; er musste sich aufrichten, warum brachte er es nicht fertig?, er vermochte seine Glieder nicht zu regen, schlaff lag sein Körper da, er selber lag da, Armin Brückner, *seine Gedanken* regten sich, er musste aufstehen, musste ein Tuch, eine Binde, einen Lumpen in die Hände bekommen, auf diese Stelle da unten an seinem Bein drücken, musste das Blut zurückhalten, das dort am Bein herausfloss, aus *ihm* herausfloss, er spürte das wie ein Blubbern, das musste aufhören, ein Druckverband oder wenigstens eine provisorische Abschnürung musste das stoppen, musste das wenigstens mindern, lindern – den ungehemmten Ausfluss verhindern ...

Panische Angst zuckte in Armin auf, die äußerlich nur als leichter Schauer über den Körper lief, der liegenblieb wie zuvor, mit benommenem Kopf, in dem gleichwohl Armins Gedanken die Situation erkannten, was gar nicht zu seinem Wohl ausfiel, was ihm zu nichts anderem als zum Bewusstsein seiner Hilflosigkeit verhalf, was *gar nichts* half, nichts, *niemand* konnte ihm helfen – er war allein, von all den Menschen war niemand sein Nächster, niemand würde kommen, nicht in letzter Minute, auch nicht zu spät, so allein ... – Traurigkeit legte sich über die Angst, ein weiches Tuch, das ihn dämmrig umhüllte, ihm Wärme zurückgab – komisch, dachte er kurz, obwohl ihm doch kalt sein müsste – und ihm schien, als lächelte er in dieser Traurigkeit, ein trauriges Lächeln über, ach, über ... die verpassten Gelegenheiten, nicht mehr allein zu sein ...

Die zuletzt verpasste – oder verpatzte – fiel ihm ein: die Nachbarin, die vor ein paar Wochen eingezogen war, in das Ein-Zimmer-Apartment am Ende des Flurs, an dessen Anfang man in *seine* Wohnung gelangte. Dieser Flur und die vier Wohnungen, zu denen er führte, waren Teil der unteren Ebene eines Terrassenhauses, über den Garagen, vor denen der offene Parkplatz lag, hinter dem aber, jenseits der ruhigen Anliegerstraße, schon die Grünanlage mit den großen hohen Bäumen sich erstreckte. In der gesamten Wohnanlage gab es einige Ein-Zimmer-Apartments, und vermutlich deren Bewohner wechselten häufiger, denn obwohl von der Fläche her klein, waren die Mieten es nicht, und die größeren Wohnungen waren meist von den Eigentümern bewohnt, weshalb man annehmen konnte, dass es sich um eins der Apartments handelte, wenn wieder einmal Umzugsaktivitäten vor dem Haus zu bemerken waren.

Wenn dergleichen der Fall gewesen, hatte er sich nicht weiter darum gekümmert, jemand kam, jemand ging, austauschbar – bis eines Tages diese Frau neben ihm einzog, fast neben ihm. Abends, er saß auf seiner Loggia, von der aus er auf den Parkplatz sehen konnte, fuhr ein Miet-Lieferwagen vor, mehrere Männer und Frauen, jüngere Leute, luden Kartons aus und Möbel, manche davon in ihre Einzelteile zerlegt, vom Flur drangen Geräusche zu ihm her, Stimmen, Gepolter, jemand zog offensichtlich ein, auf seiner Ebene, auf seiner Seite, in eine der Wohnungen in seinem Flur – bestimmt in eins der beiden Klein-Apartments; der Lieferwagen war ja auch nicht sonderlich groß. Ein wenig verwundert schaute er und horchte er; den Auszug, der zuvor geschehen sein musste, hatte er nicht mitbekommen, weshalb er auch nicht wusste, welches Apartment es betraf; und in diesem Moment wurde ihm bewusst, zwar Personen am Eingang und im Flur je und je getroffen und gegrüßt zu haben, aber nur von dem älteren Ehepaar in der zweiten größeren Wohnung gleich der seinen, den Namen zu kennen, und sonst auch von ihnen so gut wie nichts zu wissen. Er überlegte plötzlich, ob er auf den Flur schauen sollte, unterließ es nach kurzer Unschlüssigkeit, stand jedoch auf seiner Loggia, sah dem Treiben auf dem Parkplatz zu, dem Transport der Kartons und Möbelstücke und anderer Einrichtungsgegenstände, etwa eines Deckenfluters, des

Fernsehers oder eines Hometrainers, über die Freitreppe rechts von ihm, die sich mit einer Art Brücke auf den Platz vorschob, ins Haus. Anders als sonst bei derlei Umzügen verharrte er und schaute, ja, fast schon starrte er auf diese so banalen Vorgänge, bis schließlich der Lieferwagen abfuhr, dem unten auf dem Platz eine junge Frau mit dunklem, halblangem Lockenhaar zum Abschied winkte. Dann wandte sie sich zur Treppe, stieg nach oben, und auf halbem Weg auf der Brücke blieb sie stehen, blickte zu ihm hin und – winkte ihm zu. Wie ertappt sich fühlend, erwiderte er zögernd den Gruß.

So verhalten er zurückgrüßte, so unmittelbar indes – ihr Blick auf ihn aus hellem Gesicht, mit fröhlichem Lächeln verbunden, ihr Winken in rascher, mehrmals wiederholter, kräftig schwingender Bewegung – hatte er sich in sie verschaut, in diese Erscheinung, die ohne genauere Einzelheiten blieb, als sie seinen Blicken entschwand. Erneut überlegte er, ob hinausgehen sollte, sie begrüßen, sich vorstellen, gute Nachbarschaft wünschen, Hilfe anbieten ... Da hörte er vom Flur wieder Stimmen, sie war nicht allein, noch waren Helfer, waren Freunde oder Familie um sie, da wollte, konnte er nicht stören. Sicherlich hatte sie noch viel zu tun, seine Unterstützung, leider, war überflüssig; er würde abwarten.

Der folgende Tag war Sonntag, was ihn ärgerte. Er hatte sich vorgenommen, der neuen Bewohnerin einen Blumenstrauß zu überreichen, der mit Duft und Farben Freude macht, eine Flasche Wein schien ihm unpassend, Brot und Salz zu abgeschmackt. Das Problem nun war nicht, woher am Sonntag Blumen zu bekommen; ein geöffnetes Blumengeschäft ließe sich googeln, was er beinahe auch getan hätte. Dann jedoch schien ihm das zu übertrieben, wenn er sie, kaum dass sie eingezogen, quasi überfiele mit einem Blumenstrauß, den er von Gott weiß woher umständlich, mit für eine erste nachbarschaftliche Begrüßung unangebrachtem

Aufwand besorgt hätte, was sie gewiss ebenso empfinden würde, denn Sonntag war Sonntag, und gestern Abend erst war sie angekommen. Er verschob alles auf Montag, konnte sich allerdings nicht entschließen, das Haus zu verlassen und irgendwo im Freien das sonnige Wetter zu genießen. Währenddessen vernahm er am späteren Nachmittag wieder Stimmen auf dem Flur, unterschied die von zwei Frauen und einem Mann, erkannte darin das ältere Ehepaar, und die dritte Person, das musste sie sein, er meinte das Wort »Nachbarschaft« zu verstehen, mehrstimmiges Lachen erklang, die zwei haben sie begrüßt, dachte er und beschloss, jetzt hinauszugehen, dazuzustoßen, diese Gelegenheit zu ergreifen, jetzt – und als er schließlich aus der Wohnung trat, war niemand mehr da. Enttäuscht zog er sich zurück; es sollte heute nicht sein.

Am Montag, am Abend nach der Arbeit schien es ihm zu spät, extra an der Tür zu klingeln und einen Willkommensgruß für etwas, das bereits vorgestern geschehen war, zusammen mit dem Sprüchlein von der guten Nachbarschaft aufzusagen. Gestern wäre der richtige Zeitpunkt gewesen, nur nicht die richtigen Umstände, noch heute Morgen wäre der Gruß, bei einer zufälligen Begegnung auf dem Flur, beide zur Arbeit aufbrechend, passend gewesen, auch ohne Blumen, natürlich ohne Blumen zu dieser Tageszeit; nun aber, nachdem schon der Zweite Tag nach ihrer Ankunft beinahe vorüber, noch extra an der Tür zu klingeln, das war zu spät. Deshalb hatte er gleich gar keinen Blumenstrauß mehr gekauft. Besser wartete er, so wanden und drehten sich seine Gedanken, bis es von selbst zu einem Zusammentreffen auf dem Flur kommen würde, was doch nicht lange auf sich warten lassen konnte.

Als dies geschah – er verließ seine Wohnung, sie kam ins Haus –, war sie nicht allein, eine andere junge Frau begleitete sie. Gerade wollte er die Klinke der Eingangstür ergreifen, als diese aufging. Er wich zurück, zwei Personen drängten raumfüllend herein, ihn verspätet bemerkend, der eng an die Wand gedrückt dastand, die erste war schon vorüber, die zweite ihm gegenüber, sie sagte hallo und lächelte fröhlich, aus dunklem Lockenhaarrahmen das helle Gesicht, auch ihm entrutschte ein Hallo – und in ihm rief es: Oh, sie ist es; dann waren beide schon weit weg, in die Tiefe des Flurs entschwunden, und er plötzlich draußen vor dem Haus, ohne zu wissen, wie, und die Tür war zu. Ihm war heiß, er fühlte wieder, wie er sich in sie verschaut hatte ... und wusste doch wieder eigentlich nicht genau, wie sie aussah.

So blieb es, manchmal begegneten sie einander *im* Haus, *am* Haus, sagten hallo und gingen ihrer Wege. Wondratschek hieß sie, A. Wondratschek, den Namen hatte er nach einiger Zeit auf dem Klingelschild an ihrer Wohnungstür gelesen, ohne zu klingeln, ja, sogar darauf bedacht, nicht bemerkt zu werden. Denn was sollte er sagen, wenn er so gebückt vor der Tür das Schild entzifferte? Es war zu spät, dachte er, der rechte Zeitpunkt war verpasst. Dies Verpassen des rechten Moments hatte ihn auch früher begleitet, oder das, dass er dachte, ihn verpasst zu haben. Deshalb war er allein, deshalb hatte er manch andres zu tun versäumt, was vielleicht, was wahrscheinlich, was sicherlich wichtig gewesen wäre. Soviel Zögern, soviel Zaudern, und doch war das Leben ohne Halt nur so dahingeflossen, weggeflossen – wie jetzt das Leben haltlos aus ihm, der kraftlos, hilflos auf dem Fliesenboden lag, herausfloss, und jetzt konnte er nichts mehr dagegen tun, das war nun viel größer, war absolut ... aber früher ... aber was nützte es, mit sich ins Gericht zu gehen?, alles vorbei ... aber früher ...

In der Schule damals, zehnte Klasse?, elfte Klasse?, elfte bestimmt schon, die Referendarin in Deutsch, die dann allein den Unterricht halten musste, allein vor der Klasse stand und unsicher war, nicht fachlich, sondern in dieser Situation, als Person Respekt zu erwerben, sie lächelte – auch sie –, und sie war freundlich, aber es war eine ängstliche Freundlichkeit, ich tu euch nichts, tut bitte mir auch nichts, es war ein Lächeln der Unsicherheit, ein flehentliches Lächeln, ihr das Auftreten gewissermaßen vor Publikum von dieser Seite her nicht noch schwerer zu machen, als es ihr selbst schon fiel, das merkte die Klasse, was ihr ganz allgemein wenig half. Die Schüchternen und Schamhaften freuten sich insgeheim, den Unverschämten bereitete es offen Freude, und diejenigen, die weder das eine noch das andere waren, ließen sie ins Leere laufen. Zudem hieß sie Krehahn, da konnten ein paar, zwei, drei in der Klasse, nicht mehr an sich halten und schlugen über die Stränge. »Wie kräht der Hahn?« fragte jemand unvermittelt laut. – »Kikerikiiih; ä-ä-äh-äääh«, tönte die Antwort. Alle, so schien es, lachten. Ja, tatsächlich sogar die Referendarin presste ein Lachen aus sich heraus. Das kenne sie bereits zur Genüge, das sei wirklich nichts Neues, der Witz habe so einen Bart – das schaffte sie tatsächlich zu sagen, wenngleich mit hochrotem Kopf. Und diese Entgegnung wäre vielleicht gut gewesen. Dann aber setzte sie hinzu: »Außerdem heiße ich Kreeehahn, also … *bitte* …« – Prompt kam das Echo: »Kreeehahn; Kreeeeehahn; wie kreeeeht der Hahn?; e-e-eh-eeeeh …« – Da war kein Halten mehr. Ihre Versuche, den Unterricht fortzusetzen, gingen unter in Gekrähe, Gelächter, Gelärm, die zwei, drei Rädelsführer – er sah sie vor sich, wusste aber keine Namen mehr – rissen die übrigen mit, oder viele, oder einige, niemand auf jeden Fall bot ihnen Einhalt – die Szenerie von damals irrlichterte und lärmte in ihm auf – er … Armin Brückner, Teil der Gruppe der Schüchternen, hatte sich ebenso zuerst gefreut, dass da jemand zagte und zitterte, ein Lehrer, jemand, der *Lehrer werden wollte*: ein Wesen, das ihm Pein bereitete, wenn es ihn aufrief, wenn er vor der Klasse Fragen beantworten, überhaupt etwas sagen sollte. Indes schlug diese Freude um, als das Krähen nicht aufhörte und er sie fassungslos und verzweifelt sah, er kannte das doch, sich vor anderen Leuten hilflos zu fühlen, in den Boden sinken zu wollen, der nicht nachgab, nichts gab es, sich zu verbergen; kannte das doch genau durch die paar, die jetzt Frau Krehahn verhöhnten und erniedrigten, und die der Rest willig oder willenlos gewähren ließ, sie hielten sich auch an ihm öfter schadlos und an anderen, die schüchtern waren oder denen eine Auffälligkeit, leicht nachzuäffen, anhing ... Seine Freude schlug um, und dennoch unternahm er nichts, natürlich nicht, stumm ließ er alles geschehen, die Referendarin flüchtete schließlich, rannte weinend aus dem Raum. Warum tauchte das nun wieder auf? Er wusste gar nicht mehr, wie das weitergegangen war, der Direktor war erschienen, ja, sehr wütend – aber was war die Konsequenz gewesen?, war die Klasse bestraft worden?, wahrscheinlich, aber wie?, und die Referendarin ...? Das blieb verloren, zeigte sich nicht einmal wie im Nebel, das war alles weg, bis auf diese Stunde ihrer Demütigung, so unausweichlich drängte *sie* sich hier in sein eigenes Ausgeliefertsein, zusammen mit quälender Empfindung der Scham – zu spät, zu spät ...

Oh, und Ironie des Lebens, schließlich war er selbst Lehrer geworden. Keineswegs weil er Lehramt studiert hätte, und auch in dem Sinne kein Schullehrer; auf Umwegen – wenngleich letztlich über sein Zweitfach im Studium, Germanistik – war er in die Erwachsenenbildung geraten, wo er sich schlecht und recht durchbrachte, etliche Jahre, und immer in der prekären Lage, ob es Anschlusskurse gäbe, als Sprachlehrer für Deutsch für Zuwanderer – damit hatte es angefangen –, später auch für Arbeitslose, vielmehr Arbeitssuchende, wie man sagen sollte, dann auch Kurse gemischt aus Sprachunterricht und Wiedereingliederung in das Arbeitsleben, und im weiteren spezielle Bewerbungs- und Motivationsmaßnahmen und immer wieder Sprachkurse für entsprechende Arbeitssuchende, schließlich Rückkehr in Deutschkurse für Zuwanderer. Zuerst all das als Honorarlehrer, »Eintrittskarte« dazu eine winzige Anzeige, auf die er sich meldete, weil er damals selbst ohne Arbeit war. In späterer Zeit, nach mehrmaligem Wechsel der sogenannten Bildungseinrichtungen und als er einige Erfahrung vorweisen konnte, drängte er, als sein nächstes Engagement sich abzeichnete, darauf, fest angestellt zu werden; er suchte etwas mehr Sicherheit, obschon er wusste, dass diese Verträge auch nur befristet waren und vielleicht nicht erneuert wurden oder sogar vor der Zeit gekündigt werden konnten, je nachdem der Bedarf an Kursen, Seminaren, Maßnahmen sich entwickelte. Aber so ein unfester Festvertrag garantierte ihm immerhin die Sozialversicherungen; sollte er die Arbeit verlieren, hing er nicht mehr nur im Leeren, sollte er krank werden, blieb er nicht ohne Geld, und wenn er alt geworden, war auf jeden Fall ein bisschen Rente wenigstens dazugekommen ... – mit Arbeit, ohne Arbeit, krank, gesund, jung, älter, alt, ach, alt ... und jetzt, und was war damit jetzt? Damals hatte er so gedacht, gewissermaßen geplant, sein Plan schien aufzugehen, die neue Schule stellte ihn an.

Wie froh anfangs war er, da gelandet zu sein. Die Sprachschule gehörte einer ehemaligen Kollegin; einige Zeit, wahrscheinlich nicht einmal ein Jahr, hatten sie in einer anderen Einrichtung miteinander, das heißt eher nebeneinander als Dozenten unterrichtet, bis sie gegangen war, weil sie ihre eigene Schule eröffnet und inzwischen genug Zulauf an Schülern gewonnen hatte (unter der Hand gerade auch in dieser vorigen Anstalt von ihr angeworben). Ob nun kürzer oder länger Kollegen, der Kontakt bestand jedenfalls und half sicher mit, ihn seinem Wunsch nach Sicherheit gemäß aufzunehmen – sicher auch durch die gemeinsamen »Weißt-du-noch«-Erinnerungen an die launenhafte Chefin und an die von ihr initiierten, so merk- wie denkwürdigen

Nachbesserungen der Unterlagen in den Kurs- und Seminarordnern, wenn eine Kontrolle durch einen Auftraggeber bevorstehen sollte. Ja, so froh war er, und in der ersten Mitarbeiterversammlung, die er kurz nach seinem Eintritt mitmachte, stellte die Schulleiterin, seine ehemalige Kollegin, ihn offiziell allen vor und betonte, wie zufrieden sie sei, ihn samt seiner langjährigen Erfahrung für das Lehrerkollegium gewonnen zu haben. Friede, Freude, Eierkuchen, er badete wie in Sahnesoße.

Dann, ein paar Wochen später, die zweite Versammlung. Zuerst lobte sie ihre Schule, kurz gesagt als die beste und beliebteste, die im Vergleich zu den anderen Schulen den größten Zulauf habe, die meisten Kurse anbieten könne und bei der Kontrolle alles in allem sehr gut abschneide. Allerdings, allerdings – in der Listenführung durch die Lehrkräfte gebe es doch Nachlässigkeiten, die Ermahnungen seitens der Auftraggeber zur Folge gehabt hätten, unvollständige Listen, fehlerhaft ausgefüllte Listen, unzulässig korrigierte Listen, was, wenn es sich häufte, wenn es sich auch nur fortsetzte, für die Schule bis zum Lizenzentzug führen könnte. Außerdem stehe die Zertifizierung bevor, das müsse nun angepackt werden, obwohl ein bürokratisches Monster, und lieber würde sie ihm nicht die Tür öffnen, doch sei es notwendig, um weiterhin als anerkannter Träger Kurse zu erhalten, was schließlich im Interesse aller hier liege – und um die Zertifizierung erfolgreich durchzuführen und auf diesem Weg dann in Zukunft erfolgreich weiterzugehen, spiele die Qualität der Schule eine wichtige Rolle, und Qualität der Schule bedeute in besonderem Maße Qualität des Unterrichts, und da, da müsse sie sagen, vieles, was die seit einiger Zeit durchgeführten Hospitationen in den einzelnen Kursen zutage gefördert hätten, sei – vor allem in den Alpha-Kursen – unter allem Niveau, ohne Ausrichtung am Konzept, mit dem sich diese oder jene Lehrkraft offenbar niemals beschäftigt habe, ohne Methodik, Didaktik, Pädagogik, es mangle, besonders bei Lehrern der Alpha-Kurse, an Geduld, an Empathie, an Respekt für die Teilnehmer, wer hier weiter arbeiten wolle, müsse sich zum Grundsatz umfassender Qualität bekennen, zukünftig – im Hinblick auf die Zertifizierung – mehr denn je, deshalb werde sie die Unterrichtshospitationen intensiv fortsetzen lassen, im weiteren verstärkt durch die regulären Lehrkräfte gegenseitig, damit dadurch: jeder bei jedem, ein Prozess der Selbstkontrolle, der Selbstreflexion in Gang gesetzt werde, und einmal bei jemandem durchgeführt, bedeute nicht, von der Hospitation befreit zu sein, jedem könne sie immer wieder *drohen*, keineswegs nur in den Alpha-Kursen ...

Ihn unmittelbar hatte es nicht betroffen, er gab keine Alpha-Kurse, keine Hospitation hatte bei ihm stattgefunden, vor kurzem vielmehr hatte die Leiterin persönlich ihm im Lehrerzimmer Anerkennung gezollt, weil aus seinem Kurs eine Teilnehmerin sich gemeldet habe, einmal nicht um sich zu beschweren, sondern um den Lehrer, seinen Unterricht, seine Professionalität zu loben, eine Teilnehmerin, der man selbst hohes Niveau bescheinigen musste.

Ihm hatte dieses Lob fast schon peinlich werden wollen, spielte es, außer erfreulich zu sein, ihn doch auch gegen das übrige Kollegium in gewisser Weiße aus. Immerhin aber konnte dieser Rundumschlag ihn nicht mitgemeint haben. Dennoch war er befremdet gewesen. Indessen, erst seit kurzem an der Schule, schien es ihm angebrachter, zu hören, zu schauen und nichts zu sagen, niemand sonst auch der Versammelten meldete sich zu Wort, obwohl er meinte, in einigen Gesichtern betretenes Schweigen festzustellen und hier oder da Mienenspiel und ruckende Körpersprache stummen Protests.

Noch stärker befremdete ihn dann, als einen Tag nach der Versammlung eine Kollegin – er hatte mit ihr, einer ehemaligen Gymnasiallehrerin, ein paarmal gesprochen – in der schulinternen

73

WhatsApp-Gruppe (der er gleich zu Anfang beigetreten war) ihre fristlose Kündigung mitteilte. Ihr sei, hieß es da, gekündigt worden, weil sie die Schulleiterin wegen deren Auftritt kritisiert habe, deutlich zwar, doch in einer Mail, die sie einzig und allein der betreffenden Person zugesendet habe. Niemand sonst hätte je davon erfahren. Jetzt allerdings, nach dem Rausschmiss, mache sie diese Mail allgemein bekannt, damit alle sich ein Urteil bilden könnten. Nie sei ihr, so konnte man in der Mail lesen, in ihrer langjährigen Praxis als Lehrerin eine derartige Pauschalkritik untergekommen. Einer ganzen Gruppe der Lehrer hier an der Schule die Eignung geradezu abzusprechen, sei überzogen und, vor versammelter Mannschaft vollzogen, kein Zeichen von Führungsstärke, sei vielmehr, wenn man motivierte Lehrkräfte mit Freude an der Arbeit sehen wolle, kontraproduktiv. Auch wer sich im Moment als nicht gemeint fühlen könne, mache sich doch Gedanken, ob über ihn nicht auch plötzlich solch ein öffentliches Gericht hereinbrechen könne. Dazu passe es absolut nicht, wie die Schule selbst anfänglich hoch gelobt worden, beliebt, erfolgreich, kompetent genannt worden sei. Sie finde es schlechten Stil, für sich die Ehre zu beanspruchen und die Mitarbeiter, zumindest einem großen Teil von ihnen, in die Pfanne zu hauen.

Im Chat folgten prompt die Reaktionen. Sie habe sich das doch selbst zuzuschreiben: Wozu solch eine aufgeregte Mail gegen die Chefin, wenn sie sich nichts vorzuwerfen habe. – Richtig, getroffene Hunde bellen. – Ja, und Qualität sei für die Schule das Wichtigste. Es gebe genug Konkurrenz. Da müsse die Leitung Mängel aufdecken. – Genau, was für die Schule schädlich sei, müsse beseitigt werden, bevor wirklicher Schaden entstehe. – Lieber zu früh als zu spät. Und noch einmal: Wer sich nichts vorzuwerfen habe, müsse sich auch nicht aufregen, sondern solle lieber die Chefin in ihrem Einsatz für die Schule unterstützen. – Zustimmung daraufhin von den drei, vier weiteren Kollegen, die den Chat mitführten, Allgemeininteresse gehe vor eigenen Befindlichkeiten; wem die Familie nicht passe, müsse wirklich nicht bleiben. – Und plötzlich neu im Chat: Ich freue mich, zur Familie zu gehören. – Daumen-hoch- und Applaus-Emoticons gaben Antwort ...

Er beteiligte sich nicht an dem Geschehen, das er indessen zwiespältig verfolgte. Die Gekündigte und Gedisste hatte anfangs noch reagiert, schon bald aber nicht mehr, und endlich war die Mitteilung aufgetaucht, dass sie sich aus der WhatsApp-Gruppe verabschiedet habe. Da schaltete sich auch noch die Schulleiterin ein – und ihm war, als kröche etwas Glibbriges ihm den Rücken hinauf. Die ehemalige Kollegin, konstatierte sie, habe die Kündigung sich selbst zuzuschreiben. Wer mit ihrem Stil nicht zufrieden sei, wem Stilfragen wichtiger seien als Qualität, und wer sie persönlich dann auch noch so hintenrum anmache, mit so jemandem könne und wolle sie nicht. Sie setze sich mit ihrer Schule für alle ein, da dürfe man schon Loyalität erwarten. Ihr wünsche sie alles Gute und freue sich auf die Zusammenarbeit mit den übrigen. – Wieder die Daumen, die Applaushände.

Einverstanden, nein, das war er nicht. Besonders nicht damit, dass am Ende sogar die Schulleiterin im Chat mitgemischt hatte. Trotzdem hielt er sich still, wie die Übrigen, die vielleicht ebenso wenig einverstanden waren. Auch bei weiteren, ähnlichen Ereignissen hielt er sich still, auf weiteren Versammlungen, auf denen wieder die Schule gelobt und Teile der Lehrerschaft – wenigstens ohne konkret Namen zu nennen, dafür erneut sehr grundsätzlich und pauschal – an den Pranger gestellt wurden. Loyalität, das erwarte sie absolut von ihren Mitarbeitern, äußerte sich die Leiterin mit empört-leidender Miene. Dazu gehöre ebenso die Qualität des Unterrichts, was bedeute, sich auf die Teilnehmer einzustellen (Empathie hieß das Zauberwort), von denen viele, als Flüchtlinge, als durch Krieg und Hunger und Unterdrückung

Vertriebene, den Hintergrund einer Leidensgeschichte hätten und an den Folgen und Spätfolgen von Traumatisierung litten, was stets zu beachten sei, sie seien die Kunden, von denen alle hier lebten, von denen die Existenz der Schule abhänge, die Schule erfülle die Bedürfnisse der Teilnehmer; wenn das allgemein bekannt sei, kämen auch neue Kunden – und dann gehe es der Schule gut und dadurch allen, die hier arbeiteten. Qualität, Empathie und Kundenorientierung *und* Loyalität – wer das anders sehe, den könne sie nicht brauchen. Jeder und jede einzelne solle sich überlegen, ob sie mit ihr den Weg erfolgreich weitergehen wollten oder nicht.

Qualität, ja, Bedürfnisse, Unterstützung, sicher. Er sah das durchaus, machte für sich indes Unterschiede. Viele wollten lernen, wollten die Chance nutzen, mit dem Erlernen der Sprache hier Fuß fassen zu können oder auf jeden Fall mit einer weiteren Sprache sich einen Vorteil zu erwerben. Doch gab es in jedem Kurs Teilnehmer, mal mehr, mal weniger, die lernten nicht – keineswegs, weil es ihnen zu schwierig war, sondern sie *wollten* nicht, sie beteiligten sich nicht am Unterricht, sie kamen zu spät, gingen früher, mal mit durchsichtig undurchsichtigen Gründen, mal überhaupt ohne, sie verlängerten für sich die Pausen oder fehlten häufig ganz. Und rannten, genau sie, bei jeder sich bietenden Gelegenheit ins Büro, um sich zu beschweren, der Lehrer mache zu schnell, erkläre unverständlich, lache über sie, zeige keinen Respekt. Drei, vier genügten, um einen ganzen Kurs renitent zu machen oder, was den Lernerfolg betraf, herunterzuziehen oder beides. Und solche Beschwerden zeitigten meist rasche Konsequenzen; die Teilnehmer wurden befragt, während man den Lehrer, die Lehrerin vor die Tür schickte, er oder sie wurde selbst zum Gespräch mit der Schulleiterin gebeten, Ermahnungen folgten und manchmal übernahm sogar eine andere Lehrkraft den Kurs. Er selber war von solchen Rüffeln bisher verschont geblieben, hatte es jedoch bei anderen mitbekommen und hatte schon auch in den eigenen Kursen Erfahrungen mit lern*un*willigen Teilnehmern machen müssen, verstärkt im zweiten, den er zusammen mit einer Kollegin übernahm. Wenn andererseits eine Lehrkraft sich über unmotivierte Teilnehmer oder etwa über grundsätzlich laxe Pünktlichkeit beschwerte, wenn das ganz konkret er (denn das betraf ihn durchaus) und später er mit seiner Kollegin tat, dann passierte – außer vielleicht ein paar beschwichtigenden Worten – nichts, selbst wenn man auf die übrigen Teilnehmer verwies, die mit dem Verhalten der wenigen unzufrieden waren und sich wunderten, weshalb nichts dagegen geschah; und es blieb gleich erfolglos, ob man allgemein im Büro vorsprach oder direkt die Schulleiterin kontaktierte. Teilnehmer war Teilnehmer war ein Kunde, je mehr, desto besser, hier waren alle willkommen, dieser Ruf hatte sich weit verbreitet, und alle die kamen, füllten schließlich auch die Kasse.

Mit diesem Kundenbegriff hatte er Schwierigkeiten, es schien ihm falsch, die Schule nur als eine Art Kundencenter zu betrachten. Die Politik des absoluten Gewährenlassens, was das Auftreten gewisser Teilnehmer anging, und damit verbunden die Vernachlässigung der Bedürfnisse derer, die tatsächlich lernen wollten, und der Lehrer, die wirklich qualitätsvoll unterrichten wollten, war ein weiterer Punkt, der ihn mehr und mehr befremdete. Und er dachte auch, dies Gewährenlassen sei gar keine wahrhaftige Empathie, weil man dadurch diese Unwilligen und Renitenten letztlich irgendwann vor die Wand laufen lasse, wo dann alles für sie zu spät sei ... Alles das befremdete ihn, er war nicht einverstanden damit – und doch hielt er sich immer und immer still, kritisierte, protestierte im Stillen, ohne je vor die anderen und vor die Schulleitung hinzutreten und es laut werden zu lassen, was ihm nicht gefiel, was er schlecht fand, schlecht auch letzten Endes für die Schüler und die Schule, schickte nicht einmal privat der Leiterin ein Mail, vielmehr – dies gleich gar nicht, nach dem, was jener früheren Kollegin zugestoßen war; wichtiger war ihm, bleiben zu können, den festen befristeten Vertrag, wenn das eine Jahr bald um war, verlängern zu können und immer so weiter, die gewisse Sicherheit, die er hier gefunden hatte, wollte er – wollte er *auf keinen Fall* riskieren; deshalb hielt er still, als er einmal mitbekam, wie Bemerkungen einer Lehrerin zum Verhalten von manchen Teilnehmern im Kurs, die Respekt als bloße Einbahnstraße in ihre Richtung sähen, und zur fraglichen Integrationsbereitschaft bei solchen Leuten, wie derlei Bemerkungen, die sie im Lehrerzimmer im Gespräch äußerte, weitergetragen wurden, worauf eine andere Kollegin, von deren enger Verbindung zur Schulleitung alle wussten, sie offiziell ins Gebet nahm und ihr nahelegte, sich zu fragen, ob sie hier weiter unterrichten wolle; deshalb hielt er still, als schließlich wegen der Zertifizierung des Betriebs Evaluierungen der einzelnen Lehrer eingeführt und durchgeführt wurden und der hierfür beauftragte Kollege – er war seit Gründung der Schule dabei – selbstgerecht und selbstherrlich auftrat (wehe bei manchen, denen Amt und Macht gegeben), ja, der offenbar Evaluierungs-Ergebnisse zuweilen eigenwillig nach Gutdünken interpretierte, jedenfalls bei jeder und jedem mindestens *ein* Haar in der Suppe fand, das die geforderte Qualität oder Empathie störte, und dies, triumphierend fast, spüren ließ; deshalb hielt er still und blieb, obwohl ihm vieles inzwischen unangenehm auffiel, hielt still wie die meisten, wenngleich er nun die geballte Faust in der Tasche von gar nicht so wenigen zu spüren meinte und wenngleich noch einige der früheren Lehrkräfte die Schule verließen, weil sie gekündigt wurden oder sogar für sich selbst die Reißleine zogen ... Er blieb und hielt still, und sagte sich, dass *ihn* die schlimmen, die entwürdigenden Vorkommnisse nicht betroffen hatten, immer noch hatte er von jenem Lob seinerzeit zehren können, bis jetzt ...

Und jetzt lag er da, auf den Fliesen im Bad, allein, ohne auf Hilfe hoffen zu können, das Blut floss aus ihm heraus, er fühlte sich benommen, ganz kraftlos, und im Gegensatz dazu ging ihm all das, in überklaren Bildern und schmerzend-klaren Gedanken, durch den Sinn, gerade das, keine Erinnerungen an Kindheit, an die Eltern oder an irgendetwas Schönes, das in ihm Sehnsucht oder Trauer erweckt hätte, nein, sondern dies, das Scham in ihm auslöste, und Ärger über sich, eine plötzliche Wut, die zu spät kam ... war dies alles Sinnbild für sein Leben?, ein Leben, das sinnlos enden wollte – aber *er* wollte noch nicht, *er* wollte doch nicht, wie alt war er? – es fiel ihm nicht ein, so und so viele Jahre alt ... alt – aber doch noch zu jung, aber doch war es zu früh, jetzt, da es zu spät war – es rauschte in ihm, wie ein Fallen spürte er es in seinem Innern, dabei lag er fest auf festem Boden ... so fest, dass er sich nicht zu erheben vermochte, und zugleich war in ihm, um ihn alles in Bewegung, nicht nur das fließende Blut, auch der scheinbar feste Boden, das Badezimmer, das Haus, die Erde – und er sah, sah und hörte, und ihn durchschauerte ... Erinnerung?, Halluzinationen?, inneres Gewoge?, Vermischung von alledem?:

Die Sonne ging unter: Der Horizont, von waldigen, sanft-geschwungenen Hügeln begrenzt, hob sich, glitt, in der Bewegung auf einmal atemberaubend deutlich erkennbar, rasch und stetig weiter und weiter nach oben, hatte jetzt fast schon den rotorange-glühend pulsierenden Sonnenball erreicht, und dann, wie in plötzlichem Sprung, schwang er darüber hinweg, schwangen die Hügel hinauf, hinaus in den leeren, gläsern durchsichtigen Himmel, kippte die ganze Stadt, die im Tal und an den Hängen sich ausbreitete, hintenüber und Schattenzwielicht ergoss sich über die Terrasse, die selbst auf einer Anhöhe lag und die ebenfalls kippte, samt den Tischen hier und den Menschen, die an ihnen saßen – und nichts davon bemerkten – und kippte weiter, dem Abgrund der Nacht entgegen …

Bekam denn wirklich keiner der Anwesenden etwas mit?, fragte er sich im Zustande stärkster Beklemmung, kaum noch vermochte er zu atmen, unregelmäßig stotternd schlug sein Herz. Mit aller Kraft hielten links und rechts seine Hände die Sitzfläche des Stuhls gepackt, mit aller Kraft presste er seinen Rücken gegen die Lehne, versuchte er die Beine, mit weit gespreizten Knien, so fest wie möglich auf den Boden zu stemmen – um nicht das Gleichgewicht zu verlieren, um nicht in der kreiselnden Bewegung ebenfalls zu kippen, vom Stuhl zu fallen und dann haltlos, hilflos dahingewirbelt zu werden … Aber er kippte doch, alles kippte … immerzu war es so … immer und immer drehte sich die Erde, alles rollte, alles stürzte durch die Tage, stürzte der Nacht zu und, durch sie hindurch, dem Morgen entgegen und immer so fort … – und dennoch, alles stand doch fest, nichts geriet deswegen aus dem Gleichgewicht und verlor seinen Halt. Natürlich spürte niemand diese rollende Bewegung, mochte sie noch so schnell sein, und niemand sah auch, dass der Horizont sich hob, sondern die Sonne sah man über den Himmel laufen, die Sonne abends untergehen, und morgens ging sie auf, stieg sie empor, da sank nicht der Horizont – ebenso wenig wie er, wenn man dem Sonnen*untergang* zuschaute, nach rückwärts kippte – nicht sank er nach vorn, nichts stürzte und fiel mit der in rasendem Tempo rollenden Erde kopfüber in den Tag – auch wenn es in Wahrheit so war, dass die Erde sich bewegte. Aber niemand spürte das, alles stand fest und jeder konnte sicher seines Weges gehen, ohne Gefahr zu laufen, durch dies schwindelerregende Drehen aus der Bahn geworfen zu werden … Er wusste es ja, wusste, dass er, was er zu spüren glaubte, in Wirklichkeit körperlich gar nicht aufnehmen, auch mit noch so scharfen Augen nicht zu erkennen vermochte, und die meiste Zeit lebte er diesem Wissen gemäß, wie alle andern, das heißt, er dachte überhaupt nicht daran, lebte im Grunde genommen abgetrennt und abgeschirmt davon. Denn wenn er daran denken musste – plötzlich und unvorhergesehen, als pochten mitten in der Nacht fremde Besucher bedrohlich an seine Tür –, wenn es, bewusst werdend, ihn anrührte, dass da draußen eine andere Welt als die vertraute existierte, dann fasste ihn schon auch – denn die so massiv scheinende Tür zu ihm hinein zerriss dann wie Papier – das andere Wissen an, dass die alltägliche, normale Wahrnehmungsfähigkeit, nach der er seinen Lebensgang ausrichten sollte, dem, was eigentlich geschah, nur auf sehr unzulängliche Weise entsprach.

Genauso war ihm jetzt zumute. Er musste fort von hier oben, von dieser Terrasse, die ihm wie die ungesicherte Plattform eines Turms erschien; musste fort, bevor die Nacht ihn mit der hintenüber kippenden Erde vollends in den Abgrund warf. Mit Anstrengung löste er die um den Rand der Sitzfläche gekrallten Finger und erhob sich vorsichtig vom Stuhl. Er hatte Mühe, sich auf den Beinen zu halten, schwankte, als er endlich stand, und taumelte, schon als er die ersten Schritte tat, nach links und rechts. Es hatte keinen Sinn, langsam Fuß vor Fuß zu setzen, um sicheren Halt zu suchen; besser war, das Schwanken und Taumeln mit Schwung in die Bewegung hineinzunehmen und so schnell wie möglich die Flucht zu ergreifen. Doch begannen inzwischen all die anderen Tische und Stühle zu rutschen, obwohl – was er mit Befremden und Schaudern registrierte – die Menschen weiterhin dort saßen, als geschähe nichts, und rutschten ihm in den Weg. Er stieß an einen der Tische, riss Gläser um, hielt sich an einem Stuhl fest oder an der Person, die auf ihm saß, konnte sich vor dem Fallen, der ihn hilflos dem Sturz in die Nacht ausgeliefert hätte, bewahren, indes die Person, die eben noch scheinbar sicher gesessen, einen schrillen Schrei ausstieß und allen Halt verlor und, als Opfer an seiner Statt, nun mit der rollenden Erde kippte und fiel, Gott weiß wohin. In gehetzten Sprüngen torkelte er weiter, während die Leute ihm Flüche nachschrien. »Besoffenes Schwein; bleib stehen, du Penner«, ertönte es und er war verzweifelt, dass sie ihn mit ihren tumben Sinnen derart wahrnahmen, nicht erkannten, völlig verkannten, was vor ihren Augen wirklich geschah, und beneidete sie zugleich auch um ihre Unempfänglichkeit.

Endlich hatte er die Terrasse hinter sich, war diesem ausgesetzten Bereich entronnen, abwärts führte der Weg, abwärts, aber eben kein Stürzen und Fallen riss ihn fort, sondern ein Weg, an den man sich halten, *auf* dem man sich auf den Beinen halten konnte, lenkte seine Schritte, gab ihnen Richtung und Ziel – nach Hause, dachte er, nach Hause geht es, in die schützenden vier Wände. Wenn er unbeschadet dorthin gelangte, wäre er noch davongekommen und könnte seine Sinne beruhigen ...

Mitten in der Nacht erwachte er. Zuerst meinte er, es sei Zeit aufzustehen und den üblichen Programmablauf eines Arbeitstages wieder zu beginnen. Schon schob er sich unter der Bettdecke hervor. Dabei warf er einen Blick auf den Wecker – und sah: es war noch nicht einmal ein Uhr. Erleichtert legte er sich zurück. Er hatte geträumt, und der Traum schien ihm schön gewesen zu sein. Er wusste nicht mehr, wovon er gehandelt hatte. Im ersten Moment des Erwachens hatten die letzten Bilder noch nachgeschimmert, indessen sich rasch verflüchtigt. Und als er jetzt daran dachte und sich erinnerte, intensiv, voller Lebendigkeit geträumt zu haben, als er sich *da*ran erinnerte, nicht jedoch: *wovon*, allein mit der unbestimmten (und dennoch gleichzeitig in seinem Innern ganz gewissen) Empfindung, etwas Schönem begegnet zu sein, ohne dass er dies auch bloß andeutungsweise zu benennen vermocht hätte – quälte ihn das. Es war wie ein Loch in ihm, ein tiefschwarzes Loch als einziges verbliebenes Zeichen von etwas, was entschwunden war.

Wenigstens konnte er weiterträumen. Vielleicht würde er in den vorigen Traum zurückfinden. Er drehte sich auf die Seite, zur Wand hin, zog die Decke wieder über sich und schloss die Augen, wartete auf den Schlaf, wartete und musste an das Loch in sich denken, an das, was dort fehlte, ohne eben dieses Fehlende selbst, so sehr er sich bemühte, fassen, ohne irgendeine Spur davon finden zu können. Und der Schlaf kam nicht. Er spürte in der Pyjamajacke lästige Falten, die Matratze wurde hart, er veränderte unruhig die Lage, drehte sich auf den Rücken und wieder zurück und drehte sich schließlich, in einer werfenden Bewegung, dem Fenster zu. Kein Vorhang war zugezogen, kein Rollladen heruntergelassen, denn das Schlafzimmer ging auf Gärten hinaus und er sah gern, wenn er nachts einmal erwachte, in die sternenklare, in die mondbeglänzte oder in die verwölkte auch und regendurchrauschte Dunkelheit und liebte es, wenn Frühling, wenn Sommer war, vom frühen Tageslicht geweckt zu werden. Jetzt lag ein milchig heller Schein hinter den Scheiben. Er verstärkte sich von der linken oberen Ecke her, der volle Mond, ein leuchtender Ball, schob sich, wundersam groß, in den Fensterausschnitt, zog schräg nach unten seine Bahn. Er sah es als kontinuierliche Bewegung, deren Geschwindigkeit größer wurde, dann war der Mond schon wieder verschwunden und er nahm jetzt die Sterne wahr und sah, wie auch sie sich hinter den Scheiben abwärts bewegten, langsamer als eben der Mond, aber deutlich und stetig, und ihr Glanz und ihre Zahl nahmen zu, ein Teppich aus funkelnden Punkten, großen und kleinen und immer noch kleineren, zog dort vorbei, laufende Lichter, schneller inzwischen und noch schneller, die Punkte begannen zu verwischen, wurden Striche, fließende, dahinschießende funkelnde Striche – und plötzlich schlug, was er sah, in ihm um, und er spürte: die Erde war es ja, die sich bewegte, er in seinem Bett, seine Wohnung, das Haus bewegten sich mit der rollenden Erde.

Und er spürte den kalten Wind, der an ihm zerrte bei dieser rasenden Kreiselfahrt, und es brauste und pfiff ihm in den Ohren. Aber wie gut, dass der Wind ihm entgegenbließ. Denn bließ er ihm auch Polarkälte ins Gesicht, so zeigte er dennoch die Atmosphäre an. Jenseits von ihr, da wäre es windstill und nichts mehr wäre zu hören, da wäre es bloß noch kalt, wirklich kalt, *un*wirklich kalt – Polarkälte, wie heimatlich geradezu, jenseits herrschte Weltraumkälte, Kälte einer unendlichen Welt, die für die kleine Erdenwelt lebensfeindlich, lebenstötend war – Erde, mit ihrer schmalen Schicht, wo das Leben gedeihen konnte, keine zwei Stunden normalen Fußmarsches in der Ebene: das in die Höhe projiziert, und schon war es vorbei mit dem Leben ganz allgemein, und mit einem, das man alltäglich nennen könnte, schon viel früher – Erde, dünn umwabert von ein bisschen Gasen, bei denen man (mit einem Grauen vermischt) erstaunte, dass sie nicht einfach sich lösten und verwehten – Erde, wilder Kreisel, der ihn mit sich nahm ...

Wo war sein Bett, sein Zimmer, wo befand er sich? Er vermochte sich kaum mehr festzuhalten. Er hielt etwas umfasst, was wie ein Stück Felsen war, eine Steinspitze, ein höchster Punkt, zu allen Seiten fielen Wände steil hinab, verloren sich in Flackerlicht und Dunkelheit, die Sterne tanzten einen wirbelnden Reigen über ihn hinweg und er befand sich immer noch auf der Erde, Erde so fremd geworden, klammerte sich an die Felsenspitze, die bis in den Weltraum zu ragen schien, und in Rollrichtung in den Abgrund blickend, einen Abgrund ohne Ende und ohne Oben und Unten, stürzte er mit dem, was Erde hieß, durch den Raum, und sie rollte nicht nur, sie taumelte umher und schoss gleichzeitig auf ihrer Flugbahn um die Sonne dahin, die Sonne, dort war sie, klein, verbrennendes Licht ausstrahlend, das nichts mit jenem gemein hatte, das im Traum des Lebens glänzende Frühlings- und Sommertage hervorzauberte und in den Abenden, gleichsam zu einem warmen beseelenden Atem verwandelt, fortdauerte – nichts davon mehr, nur Brand und Verglühen, wo es traf, und auf der anderen Seite, wechselnd wie Rasiermesserschnitt (ohne dass dieser wie ein jeglicher Vergleich etwas galt hierbei), bot auch die Schattenzone keinen Schutz, in der nur alles erfror und vereiste – Sonne, Feuerkugel, er sah sie, so fern sie war, in seltsamer Deutlichkeit und überplastisch ausgeformt, erkannte, wie auch sie sich drehte, wabernde Feuermasse, flammenspeiend, sah den Raum zwischen sich und ihr nicht nur wie ein Entferntsein, sondern als Weite und Tiefe und sah zugleich von der Höhe, wo er sich anklammerte, über die Erde hinweg, die in leuchtend blauem Bogen sich krümmte, und drehte sich weiter, die Sonne entschwand, indes die Sterne, ihn scheinbar umkreisend, umso intensiver wieder erstrahlten, bis erneut die Sonne die Atmosphäre, diese dünne Dunstschicht, erglänzen ließ und dann selbst auftauchte über dem blauen Horizontbogen und wenig später abermals von der Kreiseldrehung dem Blick entzogen wurde und wieder und wieder, und jedesmal, wenn er sie von neuem sah, war ihm bewusst, dass die Erde, immerzu um die eigene Achse kreiselnd, in rasender Fahrt auch um die Sonne kreiste und dass diese Erde, an die er sich klammerte, während des sausenden Reigens darüber hinaus von der Sonne, die selber sich drehte und drehte, durch den Raum mitgerissen wurde, samt allen übrigen ebenso kreiselnden und kreisenden Planeten, mitgerissen durch den grenzenlosen Raum, der voller Sterne war, voller Sonnen und wer weiß wie vielen Planeten, alle Teil eines noch größeren dahinschießenden Kreiselsystems, das sich mit weiteren derartigen Systemen zu einer umfassenderen Struktur verband, die in sich und als Ganzes, wie aus leuchtenden Ketten und Kolliers, die ins Unermessliche gesteigert wären, wiederum sich drehte, schraubte und wirbelte und jenseits aller fassbaren Vorstellung von Flug und von Raum den Raum durchflog, in ihrem Tanz, bei dem dieses Wort und ein jedes Wort versagen musste, verbunden mit anderen solchen Strukturen, verbunden in der Bewegung, einer Bewegung aber, die sie alle in die Ferne trieb – wohin ...?

Auf einmal war der Morgen da; er erinnerte sich des Traums, und obwohl er doch wusste, dass es ein Traum gewesen und die Bilder außerdem schon zu verschwimmen begannen, blieb ihm der Eindruck eines in jeglicher Bedeutungskonnotation ungeheuren Erlebnisses, wie im Wachsein keines wirklicher sein konnte. Er befand sich schon in der S-Bahn und sah die Menschen draußen auf den Bahnsteigen. Jetzt da er drinnen saß, gleichsam nicht mehr dazugehörte und sie durch die Scheiben erblickte, als befänden *sie* sich in einem fremdartigen Raume, fielen sie ihm auf. Sie schienen ihm schräg geneigt zu stehen, vorwärts weisend in die Richtung, in der ihre Züge fahren würden. Die große Erwartung. Sie wirkten wie Stelen, für welche Gottheiten aufgestellt? Auf welche Paradiese wiesen diese Gottheiten oder, auf welche Höllen? Er sah gegenüber an den Bahnsteigen Züge ankommen, die sich öffnenden Türen, Wesen wurden ausgespuckt, die nun ihren Zielen zuströmten, Wesen wurden eingesogen und zu den Orten ihrer Bestimmung transportiert. Wer bestimmte das? Was bestimmte das? Zischen schnitt ihm in die Ohren, die Türen des Wagens, in dem er saß, öffneten sich, schlossen sich, Wesen verschwanden und erschienen neben und vor ihm, ausgespuckt und eingesogen wie jenseits der Scheiben. Ein Rucken und Rollen, dann fiel die Helle vor dem Fenster in Dunkelheit, er sah sein Gesicht im Glas, er war auch eines dieser Wesen, auch er fuhr ja, auch er sauste seinem vorgegebenen Orte zu ...

Ein Rauschen umhüllte ihn, zog ein saugender Wind ihn fort ...
Er war ein Kind von fünf Jahren und unterwegs mit seinen Eltern,

sie stiegen einen Berg nach oben, im Voralpenland, keinen sehr hohen Berg, ein mäßig steiler Anstieg über Kuhweidewiesen ... Die Grimasse eines Lächelns verzog Armins Gesicht: Da war sie nun, Kindheitserinnerung – und schien weit mehr als das: Stieg er nicht jetzt tatsächlich und trug nicht jetzt diesen Baumstamm über der Schulter? Das große, fast gerade Stück eines alten Astes, unten am Weg gefunden, gut dreimal so lang wie er selbst und dicker als seine beiden Beine zusammen, das schleppte er, für ihn war es ein Baum, den er den Berg emportrug, und fühlte sich so groß und stark. Die Eltern fragten lachend mehrmals, was er denn wolle mit dem morschen Holz, forderten ihn auf, es gut sein zu lassen. Er indessen hörte nicht auf sie und ließ nicht davon ab, schleppte, vorwärts geneigt und setigen Schritts, die weiße Kappe mit grünem Plastikglasschirm auf dem Kopf, seinen Baum bergan; da lag das Ziel ...

Und als er oben ankam – verlor sich alles, ein Rauschen umhüllte ihn wieder, etwas winkte von fern, winkte ihn zu sich her, ein großer saugender Wirbel, unermesslich ... *dieses* Winken, nein, das gefiel ihm nicht, anderes einmal hatte ihm gewunken, das war schön gewesen, hier war es gewesen, hier doch – das Rauschen verhallte, er spürte Hartes und Feuchtes, verschwommen sah er etwas, eine mattglänzende Fläche direkt vor seinen Augen, eine Fläche mit – wie dunklen Gitter-Schraffuren, und – erinnerte sich: er lag im Bad auf dem Fliesenboden, sein Blick rutschte abwärts, den Beinen zu – rot glänzte es dort, rot, ja, das Blut aus seinem Bein, wie ein Springquell, er wusste es wieder, diese Erhebung seitlich an der Wade, ganz leicht gekratzt hatte er sich, Springquell, der herausgepulst war, immer weiter, und er war gestürzt – Wissen, das ihm nichts nützte, kraftlos, hilflos und allein lag er nun da, ihm war so seltsam, als blubbere es abwärts durch ihn hin, als löse sich alles von ihm los, und wer war er denn?, bald war er nicht mehr, wozu denn dann alles?, und wenn – plötzlich blitzte das auf – wenn er noch einmal beginnen könnte?, nein, nicht noch einmal, ganz neu, *ganz neu* beginnen, aber schon verknisterte das Leuchten, ein Summen blieb zurück, bildete sich zu Worten, Verse fielen ihm ein, er hatte sie kürzlich gelesen, ein Freund aus Schul- und Studienzeit, mit dem er eher lose Kontakt hielt, hatte sie unvermutet geschickt, freundlich hatte er geantwortet und sie, obwohl ihm innerlich fern, gelobt; jetzt aber sprachen sie eindringlich zu ihm, sprachen erschreckend:

So flüchtig flüchtig, wo bleiben die Spuren
der Wolken des Regens des Winds –
vielleicht versehrte verwüstete Fluren,
so flüchtig alles –: auch diese sinds,

Besiedlung der Landschaft, die Jahreszeiten,
die Landschaften selber, -archai-, -ozoikum,
das Wetter das Klima klimatische Breiten
der Steine Schichtengeschichten, um und um

geschoben gehoben gefaltet – ohn` Ende,
scheint auch beständig alltäglich der Tag,
er zittert, es driften die Kontinente
dahin, ein Jahrtausend –: ein Wimpernschlag ...

So flüchtig flüchtig, die fünf großen Sterben
so fern uns und weil wir hier sind so nah,
wo wären ohne Vernichtung wir Erben,
so flüchtig – Lucy, Sulawesi, Attika ...

... die Worte entglitten ihm, und er: wohin?, das Summen tönte wieder – es läutete an der Tür ...